Esopo

fábulas completas

TRADUÇÃO Maria Celeste C. Dezotti

ILUSTRAÇÕES Eduardo Berliner

APRESENTAÇÃO Adriane Duarte

COSACNAIFY

apresentação

Esopo e a tradição da fábula

Adriane Duarte

"Agora uma fábula falo aos reis mesmo que isso saibam".[1] Assim Hesíodo introduz o relato sobre o encontro entre a águia e o rouxinol em seu poema *Os trabalhos e os dias* (VII a.C.). Trata-se do primeiro registro na Grécia dessa espécie de narrativa, breve, normalmente em prosa, muitas vezes protagonizada por animais falantes (embora não exclusivamente) e selada por uma máxima moral.

Associada a Esopo, a fábula é muito mais antiga do que ele, encontrando paralelos em diversas histórias de características semelhantes, anônimas e de origem popular, espalhadas mundo afora. Ainda assim, Esopo é tido em larga medida como pai da fábula e a Grécia como sua pátria. Personagem lendário, as primeiras menções ao fabulista surgem no final do século V a.C., nas comédias de Aristófanes e nas *Histórias*, de Heródoto. Segundo o historiador,

1 Hesíodo, *Os trabalhos e os dias*, v. 202, trad., intr. e comentários Mary Lafer. São Paulo: Iluminuras, 1990.

Esopo teria sido um escravo que viveu na ilha de Samos, no século VI a.C., e foi morto em Delfos, em circunstâncias não explicadas, mas que exigiram posterior reparação aos descendentes de seu proprietário.[2]

Esse fiapo de biografia, engrossado com o passar do tempo, culminou no saboroso relato anônimo *Vida de Esopo*[3] (I d.C.) que, a maneira de um romance picaresco, narra a trajetória do escravo da Frígia (atual Turquia), de excepcional feiura. Adquirido por um filósofo de Samos, Esopo obtém a liberdade graças a sua inteligência e torna-se um disputado conselheiro dos reis mais poderosos da época. Como em Heródoto, seu fim dá-se, nas mãos dos délfios, a quem impensadamente ofendera. Por vingança, eles falsamente o acusaram de roubo e o condenaram à morte. Esopo foi então arremessado do alto de um precipício, sem que suas fábulas pudessem salvá-lo.

A popularidade das fábulas e de seu suposto criador é grande entre os gregos do século V a.C. e pode ser medida pelas referências contidas na comédia e nos *Diálogos* de Platão. A se crer na primeira, o conhecimento das fábulas era esperado do cidadão

2 Heródoto, *Histórias*, livro II, parágrafo 134, trad., intr. e notas Mário da Gama Kury. Brasília, Editora UnB, 1985.

3 *Vie d' Ésope*, trad., intr. e notas Corinne Jouanno. Paris: Les Belles Lettres, 2006.

educado, que deveria citá-las em festas e reuniões políticas para impressionar os demais convidados e reforçar seu ponto de vista. Já Platão, no *Fédon* (60b–61b), apresenta Sócrates na prisão empenhado em versificar as histórias de Esopo, que se torna ele mesmo personagem de fábulas. Em *Esopo no estaleiro*, ele dá uma lição a um grupo de provocadores. A partir de então, o prestígio do fabulista não esmaeceu, atravessando os séculos até chegar aos dias de hoje.

Dos autores antigos, certamente Esopo está entre os mais conhecidos. As histórias a ele atribuídas foram editadas ininterruptamente desde a antiguidade e se confundem com a criação da imprensa, da qual foi um dos grandes sucessos – a primeira edição impressa das Fábulas é de 1474, data muito próxima da publicação da *Bíblia* de Gutenberg, em 1455. Somos apresentados a ele ainda na infância, devido à crença de que suas narrativas breves, de estilo simples e fundo moral são leitura apropriada para crianças. Não seria demais afirmar que Esopo é uma das maiores referências para a literatura infantil em todos os tempos.

No entanto, longe de pertencer ao universo infantil, na antiguidade o gênero fabular dizia respeito a toda sociedade, constituindo um meio importante de transmissão dos valores do grupo. Fortemente enraizado na cultura popular, faz companhia aos provérbios e máximas, formas por excelência didáticas e que se prestam como exemplo quando inseridas em obras de escopo mais amplo. Vale lembrar aqui que, na definição de Théon de Alexandria (I d.C.), a fábula é uma história ficcional que representa uma verdade.[4]

Na sua origem, as fábulas eram criadas e transmitidas oralmente, como toda a literatura na Grécia arcaica. Tanto a palavra latina *fabula* quanto as gregas *mýthos* e *lógos*, que a designam na antiguidade, revelam essa relação com a fala e o discurso. Por isso, os primeiros exemplos de fábulas conhecidos fazem parte de outras obras – especialmente da poesia épica ou lírica e da oratória, todas inicialmente de caráter oral –, com o objetivo de persuadir o receptor da validade de um determinado juízo. Veja-se, como exemplo, a fábula que Hesíodo dirigiu aos reis em *Os trabalhos e os dias* (v. 202-12):

4 Théon de Alexandria, *Progymnasmata* 3.

Agora uma fábula falo aos reis mesmo que isso saibam.
Assim disse o gavião ao rouxinol de colorido colo
no muito alto das nuvens levando-o cravado nas garras;
ele miserável varado todo de recurvas garras
gemia enquanto o outro prepotente ia lhe dizendo:
"Desafortunado, o que gritas? Tem a ti um bem mais forte;
tu irás por onde eu te levar, mesmo sendo bom cantor;
alimento, se quiser, farei de ti ou até te soltarei.
Insensato quem com mais fortes queira medir-se,
de vitória é privado e sofre, além de penas, vexame".
Assim falou o gavião de voo veloz, ave de longas asas.

A fábula destaca-se no corpo do poema, não só pela introdução (v. 202), mas também pelo paralelo semântico entre o verso inicial (v. 203: "Assim disse o gavião...") e o final (v. 212: "Assim falou o gavião..."). Embora nem toda a fábula tenha moral explícita, nesse caso a lição proposta está expressa no discurso de um dos interlocutores, o gavião (v. 210-1). Assim, fora de seu contexto, seria de se esperar que o *endomítio* (a moral interna, cuja veiculação compete a um dos personagens) determinasse a recepção. Parece clara a defesa da ideia de que os fortes prevalecem sobre os mais fracos, que só têm a ganhar ao se submeterem sem impor resistência.

Hesíodo, no entanto, oferece outra interpretação. Na sequência do poema, invoca seu irmão, Perses, que busca na aliança com os reis (mencionados na introdução) levar a melhor na partilha da herança paterna. Ele diz (v. 213): "Tu, ó Perses, escuta a Justiça e o Excesso não amplies!". Ou seja, para o poeta, que se identifica com o rouxinol, ave canora, a soberba do gavião, cônscio de seu poder, é sinal de impiedade e de excesso, faltas graves diante dos deuses. Assim os reis e Perses, cúmplices na fraude à herança, são equiparados ao gavião e devem temer a justiça de Zeus.

Sob tal prisma, essa primeira aparição da fábula na literatura grega revela-se bastante sofisticada, já que o poeta parte de uma história tradicional, certamente conhecida de seu público, criando uma expectativa quanto à lição a ser tirada dela – confirmada pela permanência do *endomítio.* Lembro que Hesíodo poderia ter selecionado ou composto algo novo, que ilustrasse seu ponto de vista, mas o que traz é o que os reis gostariam de ouvir, uma história que autoriza seu poder predatório, à imagem do gavião que subjuga os mais fracos. Hesíodo recorre a essa história como um artifício, visando a obter maior impacto quando quebra com o que é esperado, questionando e subvertendo a moral. Com isso propõe uma nova lição, a de que a verdadeira vantagem está ao lado dos justos, e não dos poderosos, cujos excessos hão de ser, um dia, punidos. Assim, ele parece dizer: não façam como o gavião (reis), ajam com piedade. Quer dizer, o poeta oferece ao seu público não um exemplo de comportamento a ser seguido, como a princípio se poderia pensar, mas o de uma postura a ser evitada.

Mais tarde, quando a fábula torna-se um gênero autônomo, o que só começa a acontecer no fim do século IV a.C., será comum encontrar o registro explícito da moral a ser extraída da história quer antecedendo a narrativa (promítio) quer, como ocorre com maior frequência, ao seu final (epimítio), assumindo muitas vezes uma construção quase que formular – as introduções "a fábula mostra que" ou "assim, também" são tão frequentes que por vezes nem são transcritas, já que o leitor pode presumi-las (assim será comum encontrarmos morais iniciadas apenas por "que").

Vejamos uma variante da mesma fábula, registrada na coleção esópica com o título de *O rouxinol e o gavião*. A começar pelos interlocutores, rouxinol e gavião, são muitos os pontos de proximidade entre os dois textos. A situação é a mesma: o rouxinol é capturado pelo gavião. A lição a ser depreendida também ocorre na voz da ave de rapina – portanto, há *endomítio* ("Mas eu seria um doido se largasse o pasto garantido que tenho nas mãos para ir atrás dos que ainda não apareceram."). A partir daí constatam-se as diferenças, de ordem formal e semântica.

Entre as primeiras, destacam-se o título e o parágrafo final que sistematiza a moral (epimítio). Ao se tornar independente de um contexto maior, a fábula deve indicar com clareza para o leitor o sentido pretendido, daí a disseminação do epimítio que, uma vez registrado, tende a se cristalizar – no entanto, nem toda fábula apresentará moral separada do corpo narrativo, veja-se o exemplo de *As árvores e a oliveira*. O título, que normalmente identifica os interlocutores, também contribui para criar expectativa sobre o conteúdo da história, já que os protagonistas também costumam apresentar um caráter definido – a raposa é esperta; o leão, majestoso etc. A recepção, então, se torna mais dirigida.

De uma perspectiva semântica, nota-se um maior desenvolvimento da narrativa por meio da explicitação da súplica e da argumentação do rouxinol por sua vida. Com isso, o sentido da fábula muda, pois a justificativa do gavião está baseada mais na afirmação da lei da sobrevivência do que na do mais forte.

Em vista disso, pode-se concluir que uma mesma situação ilustra valores diversos. Ou seja, a fábula deve atualizar-se sempre, sendo sua interpretação completamente dependente das circunstâncias em que se dá a comunicação. Por isso, o epimítio é a parte que mais varia nas versões de uma mesma fábula, pois a tentação de reescrevê-lo para ilustrar novas ideias é sempre grande. Basta consultar as coletâneas modernas dedicadas ao gênero que não têm um compromisso com o rigor acadêmico para constatar isso – as edições canônicas, que a antiguidade nos legou, não são passíveis de alteração.

Apesar dessa universalidade que reconhecemos na fábula, e que lhe garante o interesse de seguidas gerações, ela também traz um retrato da sociedade que a produziu e consumiu avidamente. Nela, além dos animais, encontraremos toda uma galeria de gente humilde, que lida com as adversidades impostas por uma vida árdua. São lavradores, pastores, artesãos, um ou outro filósofo ou orador, poucas figuras históricas (entre elas Esopo, Diógenes, Dêmades), e escravos, já que a exploração da mão de obra servil era disseminada por toda antiguidade. Os deuses e as práticas religiosas gregas também são muito presentes.

A fábula *A escrava feia e Afrodite* pode ajudar a perceber essas relações. Nela retrata-se uma situação familiar recorrente na Grécia antiga, em que os casamentos eram arranjados entre as famílias sem que houvesse necessidade de entendimento entre os noivos. No âmbito de uma sociedade patriarcal, a esposa era submissa ao marido, que podia manter vários relacionamentos extraconjugais, como aqui, com a escrava (que também devia ceder ao patrão). A escrava pede a deusa do amor e da beleza, Afrodite, que a torne ainda mais atraente para o amado. Para isso ela faz sacrifícios à divindade. A deusa os recusa através de um sonho, uma forma de comunicação entre mortais e imortais no imaginário grego.

A moral merece um comentário aparte. Pela resposta da deusa, que constitui o *endomítio*, estaríamos autorizados a concluir que a moral seria "quem ama o feio, belo lhe parece". A escrava quer agradar o amante, mas para ele já é bela o bastante. No entanto, o que encontramos é uma censura aos que enriqueceram fraudulentamente e, em particular, aos feios e humildes – o que faz pensar que os reis de Hesíodo seriam absolvidos em vista de sua nobreza. O que se ressalta é o fato de a escrava viver acima de sua condição e, ainda por cima, não ser bonita! A conclusão pode soar bastante "imoral" nos dias de hoje, mas é um reflexo dessa sociedade estratificada, patriarcal e escravocrata que a Grécia também abrigou.

As coletâneas de fábulas começam a ser compostas na virada do século IV para o III a.C. provavelmente com o intuito de disponibilizar aos oradores um banco de histórias exemplares para alimentar seus discursos. Consta que Demétrio de Falera, discípulo de Aristóteles, teria sido pioneiro nesse campo. A mais antiga a sobreviver até os dias de hoje é a *Coleção de fábulas anônimas* atribuídas a Esopo, preservada em diversos manuscritos datados de algum momento entre os séculos III e V d.C. O mais conhecido banco de histórias é o Augustano que registra 236 fábulas e é a principal base para as edições posteriores. Estas vão surgir durante toda antiguidade e Idade Média, compilando coletâneas antigas e incorporando novas histórias.

As principais edições modernas das fábulas de Esopo foram estabelecidas pelo francês Émile Chambry, que reuniu textos oriundos dos manuscritos anônimos no início do século passado (1925), e a *Aesopica*, de Ben Perry, que, em meados do mesmo século (1952), além dos textos gregos mencionados, traz também fábulas atribuídas a Bábrio e incorpora a tradição latina, além de testemunhos diversos.[5]

5 Chambry, E. (ed.), *Aesopi: fabulae*. Paris: Les Belles Lettres, 1925. Perry, B. E. (ed.), *Aesopica. A series of texts relating to Aesop or ascribed to him* (1ª ed. 1952). Urbana (EUA): University of Illinois Press, 2007.

A última é a referência para todos que pretendem estudar e traduzir Esopo, mas é destinada sobretudo ao especialista, uma vez que os textos estão apenas em suas línguas originais, com comentários em latim.

Existem muitas edições brasileiras das fábulas esópicas, a grande maioria voltada exclusivamente para o público infantil. Menos por causa do público-alvo e mais pela concepção que se tem do que lhe é adequado ou não, essas antologias costumam trazer textos adaptados e fazer uma seleção que exclui as histórias que tratam de temas polêmicos, como morte e sensualidade, ou considerados politicamente incorretos.[6] Quase todas têm tradução indireta, limitando-se apenas a reproduzir texto e ilustrações de obras editadas em outros países. Umas poucas edições fogem desse padrão.[7] Mirando um público adulto, propõem-se a realizar tradução integral do *corpus* esópico diretamente do grego. Essa escolha se faz acompanhar de um projeto gráfico sóbrio, onde há pouco lugar para ilustrações.

6 Além da já comentada fábula *A escrava feia e Afrodite*, há outras em que crianças se embebedam (*O menininho que vomitava tripas*), velhinhas são violadas (*O rapazote e a velha*), raça é fator de discriminação (*O carro de Hermes e os árabes*; *O etíope*) e que aludem à pederastia e à prostituição (*Zeus e a Vergonha*).

7 Cf. *Esopo, fábulas completas*, trad. Neide Smolka. São Paulo: Editora Moderna, 1994; *As fábulas de Esopo*, texto bilíngue, trad. Manuel Aveleza. Rio de Janeiro: Thex Editora, 1999; *Esopo, Fábulas*, trad. Nicolau Firmino, Porto Alegre: L&PM, 2001.

A presente edição da Cosac Naify tem mais afinidade com essas últimas, mas se distingue delas em aspectos importantes, tanto no que respeita critérios acadêmicos quanto os de ordem editorial, de modo a torná-la uma referência no tema. Destaco em primeiro lugar a opção de seguir o texto anotado na edição de Perry para as fábulas gregas anônimas, mais recente e completa que a de Chambry.

Essa escolha, no entanto, não impediu que se cotejassem as duas obras, de modo a se estudar as variantes e acolher fábulas que estivessem presentes apenas em Chambry. É preciso deixar claro que ambos os editores trabalharam com uma vasta quantidade de manuscritos e, embora haja cerca de noventa por cento de coincidência entre eles, há textos que constam apenas de uma ou de outra edição. Com isso, a amplitude do *corpus* traduzido agora é consideravelmente maior. São 383 fábulas, uma parte delas inéditas, contra 350 em média nas anteriores, que optavam pela seleção de Chambry.

Esse trabalho de aproximação dos textos das principais edições conferiu densidade à tradução de Maria Celeste C. Dezotti, já bastante acurada em vista de sua larga experiência com a língua grega e com a fábula, objeto de reflexão desde seu mestrado.[8] De uma simplicidade enganosa, o gênero requer do seu tradutor atenção ao vocabulário e à fluência narrativa, mas também um olho para o detalhe. Embora tenda para a uniformidade, há que se distinguir as versões em verso das em prosa, franca maioria, assim como àquelas que apresentam uma maior sofisticação na linguagem – as versões metrificadas foram traduzidas em prosa, mas manteve-se a unidade da linha, de modo a marcar a diferença e facilitar o cotejo com o original. *O lobo envaidecido e o leão* é um bom exemplo dessas fábulas em verso, que se destacam tanto pelo registro de linguagem quanto pelo ritmo.

Também merece destaque o projeto gráfico arrojado, que contribui para lembrar o leitor da atualidade das fábulas. É sabido que elas inspiraram diversos ilustradores ao longo dos séculos, a começar dos gravuristas Manfredo Bonello (Itália, séc. XV) e Bernard Solomon (França, séc. XVI) até Marc Chagal

8 Cf. Maria Celeste Consolin Dezotti (org.), *A tradição da fábula. De Esopo a La Fontaine*. São Paulo: Imprensa Oficial do Estado de São Paulo e Editora UnB, 2003.

(para La Fontaine) e o casal Provesen – ambos no séc. xx. Há, portanto, um desafio em revisitar as fábulas, tanto no dialogar com os grandes artistas que anteriormente se debruçaram sobre elas quanto no fugir do trivial, do estereótipo do "bicho fofo em prado verde". Essa edição cobre os dois pontos.

A marcação com as letras do alfabeto, apresentadas em frente e verso, vazadas de modo a deixar transparecer em parte os desenhos, chama a atenção do leitor para a tradicional apresentação das fábulas por ordem alfabética, que vem desde a antiguidade. A moral é destacada do corpo do texto e expressa na vertical e em itálico. Essa diagramação dá ao leitor a oportunidade de interpretar a história antes de ser confrontado com a leitura da tradição. Com isso, ele será levado a, por um lado, prestar atenção nela, indagando sobre sua relação com o narrado, por outro, considerá-la de forma independente da narrativa, questionando seu sentido e função. Forma-se, assim, uma espécie de antologia das morais de fábula, que não deixa de ser, também, um convite para pensar a ética antiga em confronto com nossa.

Os desenhos de Eduardo Berliner são cheios de referências contemporâneas, estimulando os leitores a ver a fábula como algo vivo, que diz respeito ao mundo que habitamos. É interessante notar como o universo do artista encontrou em Esopo campo fecundo, pois tanto animais quanto máscaras já faziam parte de sua mitologia pessoal. Por outro lado, terminam muitas vezes por revelar o que há de perturbador nesse universo em que a violência dos mais fortes e uma ética mais vinculada ao senso prático imperam sobre valores ditos mais nobres.

Um bom exemplo disso é a ilustração para *O burro que vestiu uma pele de leão*. Nela, vemos em primeiro plano um homem de camiseta e jeans, usando uma máscara de burro enquanto toca uma guitarra ligada num amplificador. À sua volta, outros homens com máscaras diversas. O artista não se propõe a ilustrar a história narrada na fábula, mas apresenta uma reflexão sobre seu sentido. Prevalece a ideia de que a fábula trata de questões de comportamento humano embora traga muitas vezes animais protagonistas. As máscaras sociais são importantes nesse contexto, assim como os signos de modernidade (camiseta e guitarra elétrica), que afirmam a universalidade do gênero. Por outro lado, o resgate de partes do texto, citados à maneira do grafite, remete para a concretude da forma e para o contexto específico d'*O burro que vestiu uma pele de leão.*

Considerado em sua totalidade, o livro visa proporcionar ao leitor uma experiência estética em que se ressalta o prazer da fábula. Uma delas, *O orador Dêmades*, fala disso:

> Certa vez o orador Dêmades estava discursando para o povo de Atenas, mas não lhe davam a menor atenção. Então lhes pediu permissão para contar uma fábula esópica. Tendo eles consentido, começou a dizer: "Uma andorinha, uma enguia e Deméter iam por um mesmo caminho e, quando chegaram a um rio, a andorinha voou e a enguia mergulhou". Disse isso e calou-se. "E Deméter, o que aconteceu com ela?", perguntaram. E ele respondeu: "Ela está zangada com vocês, que deixaram de lado os assuntos políticos para se ligar em fábulas esópicas".

Assim, também, dentre os homens, são irracionais aqueles que negligenciam os negócios prementes e dão preferência aos afazeres prazerosos.

Há algo de cômico nessa fábula que retrata os atenienses como levianos, prontos a abandonar as áridas questões políticas por uma boa história. Apesar da moral proposta, podemos tirar outras lições dela. A principal é que o prazer é indissociável da boa literatura. É justamente nesse ponto que reside o segredo da permanência da fábula.

fábulas

A

| 1

As abelhas e o pastor

Fábula da abelha e do pastor, exortando a não se auferir ganhos desonestos.

No oco de um carvalho, as abelhas fabricavam mel. Um pastor encontrou-as casualmente e decidiu pegar uma porção do mel, mas elas, vindo daqui e dali, puseram-se a voejar em volta dele e, com seus ferrões, o fizeram recuar. "Vou embora", disse, por fim, o pastor, "não preciso de mel, se tenho que dar de cara com abelhas."

*As más vantagens
são um perigo para
quem as persegue.*

| 2

As abelhas e Zeus

Enciumadas porque os homens usavam seu mel, as abelhas foram até Zeus pedir que ele as dotasse de força para golpear com os ferrões quem chegasse perto das colmeias a fim de roubar os favos. Mas Zeus se irritou com elas por causa dessa perversidade e determinou que as abelhas, tão logo picassem alguém, perderiam o ferrão e, com ele, também a vida.

Esta fábula cairia bem para homens perversos que se conformam em sair também eles prejudicados.

| 3

O abeto e o espinheiro

Competiam entre si um abeto e um espinheiro. O abeto, para se vangloriar, disse: "Sou belo, alto, de bom porte e útil na construção de navios e de coberturas de templos. E você ainda tenta medir-se comigo?". Ao que o espinheiro respondeu: "Se você se lembrar dos machados e dos serrotes que te abatem, também vai preferir ser um espinheiro".

[A fábula mostra] Que na vida as pessoas não devem se deixar tomar pelo orgulho, pois a vida dos simples é que é livre de ameaças.

| 4

O adivinho

Um adivinho fazia dinheiro sentado na praça pública. E, de repente, alguém veio lhe contar que a porta de sua casa estava arrombada e que tinham levado tudo o que havia lá dentro. Desnorteado, ele deu um pulo e, entre gemidos, já saía correndo para ver o que havia acontecido, quando uma pessoa que se achava por ali, ao ver o estado do adivinho, disse: "Mas você, que alardeia prever o futuro dos outros, como é que não previu o seu próprio?".

Desta fábula poderia servir-se uma pessoa a propósito daqueles homens que administram precariamente a própria vida e se entregam a preocupações que não lhes dizem respeito.

| 5
Os adúlteros

Um homem saía à noite para encontrar-se às escondidas com uma mulher, com quem mantinha uma ligação adúltera. Ele se fazia reconhecer por meio de um sinal: sempre que chegava à casa, latia como um cãozinho, para ela abrir-lhe a porta. Fazia isso todas as vezes. Mas outro homem, que a cada anoitecer o via percorrendo aquele trajeto, atinou com a patifaria dele e uma noite pôs-se a segui-lo de longe, em segredo. O adúltero, sem desconfiar de nada, chegou à porta e agiu como de costume. O sujeito que o seguia assistiu a tudo e voltou para casa, mas na noite seguinte levantou-se, dirigiu-se antes que o outro para a casa da mulher adúltera e soltou latidos feito um cãozinho. E ela, segura de que era o amante, apagou a lamparina para que ninguém o visse e abriu a porta. Ele entrou e se deitou com ela. Pouco depois, o amante chegou e pôs-se a latir do lado de fora como um cãozinho, segundo o costume. O sujeito que estava acomodado lá dentro, ao notar o outro latindo lá fora como um cãozinho, pôs-se ele próprio a soltar latidos dentro da casa com uma voz forte, como se fosse um cão enorme. Então o que estava lá fora compreendeu que lá dentro havia um bem mais forte que ele e foi-se embora.

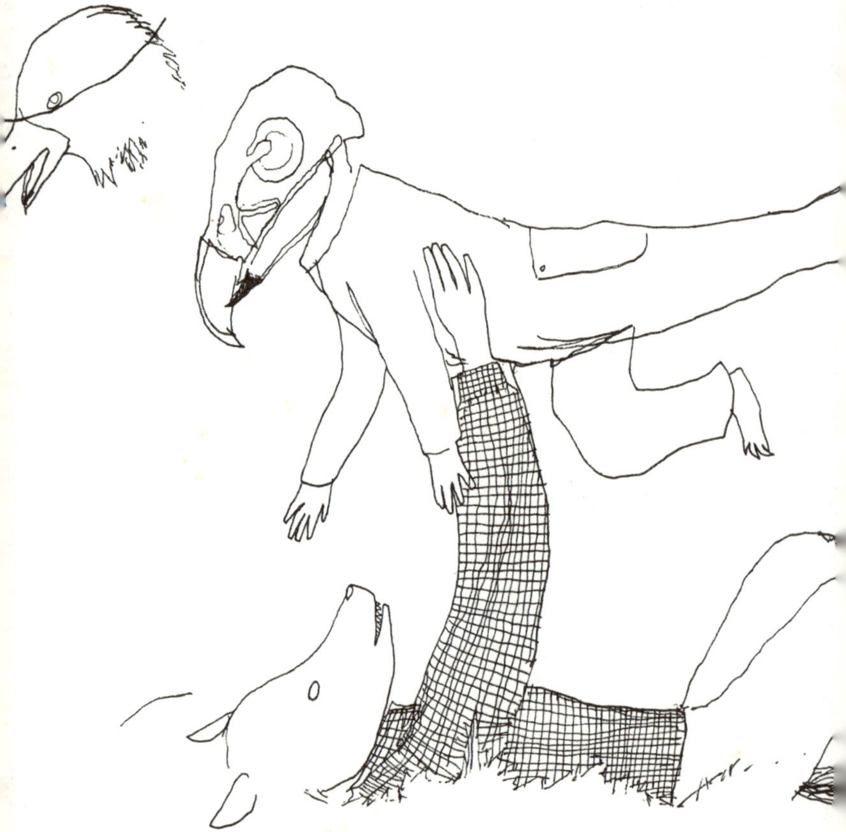

| 6

A águia de asas depenadas e a raposa

[A fábula mostra] Que é preciso oferecer boas recompensas aos benfeitores e afastar com prudência os perversos.

Certa vez, uma águia foi apanhada por um homem que cortou rente as penas de suas asas e deixou-a vivendo em casa com as galinhas. Envergonhada, ela de tristeza nada comia. Era qual um rei aprisionado. Mas outra pessoa a comprou do homem, arrancou-lhe as penas cortadas e, depois de esfregar nela unguento de mirra, fê-la emplumar. Então ela alçou voo, apanhou com as garras uma lebre e levou-a de presente para o dono. Ao ver isso, uma raposa lhe disse: "Dê presentes não a esse dono, mas ao anterior. Esse é bom por natureza, mas é o outro que você deve de preferência cativar, para ele não deixar você sem penas, caso venha a apanhá-la de novo".

| 7

A águia e a raposa

Uma águia e uma raposa tornaram-se amigas e resolveram morar perto uma da outra, fazendo do convívio uma garantia da amizade. E, assim, uma subiu bem no alto de uma árvore e fez seu ninho, enquanto a outra penetrou numa moita que havia ao pé da árvore e deu cria. Certa vez, porém, a águia estava precisando de comida e, assim que a raposa saiu para caçar, ela desceu voando à moita, apanhou as crias da raposa e devorou-as em companhia de seus filhotes. Quando a raposa voltou e percebeu o que havia ocorrido, afligiu-se não tanto pela morte de seus filhos como pela impossibilidade de vingar-se, pois, sendo ela um animal quadrúpede, era incapaz de perseguir um alado. Por isso, ficou de longe amaldiçoando o inimigo, que é só o que resta aos impotentes e fracos. Aconteceu, porém, que não demorou para a águia prestar contas de seu crime contra a amizade. Estando algumas pessoas no campo a imolar uma cabra, ela desceu voando, carregou do altar uma víscera em chamas e levou-a para o ninho.

Nisso bateu um vento forte e, a partir de uma palhinha fina e seca, acendeu-se uma chama forte. Com isso, os filhotes, que ainda não sabiam voar, caíram queimados no chão. Então a raposa correu e, diante da águia, comeu todos eles.

A fábula mostra que os que violam um pacto de amizade, mesmo que escapem de ser punidos por suas vítimas impotentes, jamais se livram do castigo divino.

| 8

A águia e o escaravelho

Uma águia perseguia uma lebre que estava longe de qualquer proteção. Mas, assim que a lebre avistou um escaravelho, o único protetor que a ocasião lhe oferecia, foi até ele e suplicou ajuda. O escaravelho a amparou e, quando viu a águia se aproximando, pôs-se a pedir-lhe que não levasse embora sua protegida. A águia, porém, esnobou a pequenez do escaravelho e devorou a lebre diante dele. Ressentido, o escaravelho passou a espreitar os ninhos da águia e, cada vez que ela punha ovos, subia lá no alto e os fazia rolar e quebrar, até que a águia, encurralada, buscou refúgio junto de Zeus, que a tem como sua ave sagrada, e pediu-lhe que arrumasse um lugar seguro para a ninhada. Zeus lhe deu permissão para botar os ovos no colo dele. Ao ver isso, o escaravelho fez uma pelota de esterco, voou até alcançar o colo de Zeus e soltou-a lá. Foi aí que Zeus se levantou para sacudir o esterco e, sem se dar conta, deixou cair os ovos. Desde então, dizem que, na época em que os escaravelhos aparecem, as águias não fazem ninho.

A fábula ensina a não menosprezar pessoa alguma, considerando-se que ninguém é tão fraco a ponto de não poder um dia se vingar de um ultraje.

| 9

A águia flechada

(A fábula mostra) Que o aguilhão da dor é mais terrível quando uma pessoa enfrenta uma agrura provocada por seus próprios familiares.

Pousada no alto de um rochedo, uma águia tentava avistar lebres para caçar, quando foi atingida por um arqueiro. A flecha varou seu corpo e o entalhe com as penas estancou bem diante de seus olhos. Ao vê-lo, ela disse: “E tenho ainda outro desgosto: estar morrendo por causa de minhas penas!”.

e tenho ainda outro desgosto: estar morrendo por causa de minhas penas

| 10

A águia, a gralha e o pastor

Uma águia desceu voando do alto de um rochedo e apanhou um cordeiro. Uma gralha viu isso e, por inveja, quis imitá-la. E então, precipitando-se com muito estardalhaço, foi ter sobre um carneiro, mas suas garras se enroscaram nos tufos de lã. Sem conseguir alçar voo, ela ficou se debatendo, até que o pastor, ao notar o que se passava, foi correndo apanhá-la, aparou as pontas de suas asas e, quando caiu a noite, levou-a para suas crianças. E, quando elas perguntaram que pássaro era aquele, ele disse: “Pelo que eu bem sei, é uma gralha, mas, pelo que ela pretende, é uma águia”.

Assim, a rivalidade com os superiores, além de não levar a nada, ainda acrescenta o riso às desgraças.

| 11

O alcião

O alcião é uma ave que gosta de viver só e passa o tempo todo no mar. Dizem que, para se proteger dos caçadores, ele faz ninhos nos penhascos à beira-mar. Certa vez, um alcião que estava para pôr ovos acudiu a um penhasco e, ao ver uma rocha que avançava sobre o mar, ali fez seu ninho. Mas um dia ele tinha saído para caçar, quando aconteceu que o mar subiu, alvoroçado por um vento violento, e inundou o ninho, matando os filhotes. Ao voltar e constatar o ocorrido, o alcião disse: "Mas que desgraçado sou eu, que, para precaver-me das armadilhas da terra, refugiei-me neste rochedo que menos ainda merecia minha confiança".

Assim, também, alguns homens que se acautelam dos inimigos caem desavisadamente nas mãos de amigos que são muito piores.

| 12

O alforje

Quando outrora Prometeu moldou os homens, pendurou neles dois alforjes, um cheio de vícios alheios e, o outro, repleto de vícios pessoais, acomodando na frente o primeiro e prendendo atrás o segundo. Disso resultou que os homens enxergam num relance os vícios dos outros, mas não notam os próprios.

Desta fábula pode servir-se uma pessoa em relação a um homem muito ocupado que não tem olhos para seus próprios afazeres, mas se ocupa daqueles que não lhe dizem respeito.

| 13

A andorinha e a cobra

Uma andorinha fez seu ninho num tribunal e saiu voando; nisso, uma cobra rastejou até lá e devorou os filhotes. Quando retornou e encontrou vazio o ninho, a andorinha pôs-se a gemer desesperadamente. Então outra andorinha tentou consolá-la, dizendo que ela não era a única a quem acontecera perder os filhos. E ela respondeu: "Mas choro não tanto por meus filhos quanto por ter sofrido agressão justamente neste lugar, onde os injustiçados encontram amparo".

A fábula mostra que muitas vezes as desgraças se tornam mais cruéis para quem as sofre, quando partem de quem menos se espera.

| 14

A andorinha e a gralha

Uma andorinha competia em beleza com uma gralha, quando esta lhe retrucou, dizendo: “Mas sua beleza floresce na estação da primavera, enquanto meu corpo continua resistente também no inverno!”.

A fábula mostra que um corpo resistente é melhor que uma bela aparência.

| 15

A andorinha e as aves

Fazia pouco tempo que o visco havia brotado, quando uma andorinha, percebendo o perigo iminente para os animais alados, reuniu todas as aves e aconselhou-as a podar de preferência as árvores produtoras de visgo. E, caso isso não lhes fosse possível, elas deveriam recorrer aos homens e suplicar-lhes que não usassem o visco para apanhá-las. As aves, porém, riram da andorinha, como se estivesse dizendo bobagens. Então ela se apresentou pessoalmente aos homens como suplicante. E eles a acolheram devido à sua inteligência e dividiram com ela suas moradias. Assim, aconteceu que, enquanto as demais aves silvestres são devoradas pelos homens, só a andorinha é protegida por eles e não tem medo de fazer ninho em suas casas.

A fábula mostra que os que preveem o futuro decerto evitam os perigos.

| 16

A andorinha envaidecida e a gralha

[A fábula mostra] Que os gabolas constroem, com suas falas mentirosas, recriminações para si.

A andorinha disse para a gralha: “Eu sou virgem, ateniense, princesa, filha do rei de Atenas”. E em acréscimo falou também de Tereu, do abuso sofrido e da mutilação de sua língua. Então a gralha lhe disse: “Se, apesar de mutilada, você tagarela tanto assim, o que não faria se tivesse língua?”.

| 17

O arqueiro e o leão

Quando um arqueiro experiente foi caçar no alto de uma montanha, todos os animais puseram-se em fuga, mas um leão o desafiou para uma luta. E o arqueiro, após disparar a flecha e acertar o leão, disse: “Primeiro, veja como é meu mensageiro e, depois, também eu vou atacar você”. O leão, ferido, estava prestes a fugir em disparada, quando uma raposa lhe sugeriu que tivesse calma e não fugisse, mas ele retrucou: “De jeito nenhum você vai mudar meu rumo. Se ele tem um mensageiro penetrante assim, o que farei se ele vier em pessoa me atacar?”.

[A fábula mostra] Que devemos prever o final a partir do começo e só então proteger-nos do resto.

| 18

As árvores e a oliveira

Certa vez, as árvores se comprometeram a escolher um rei para elas e disseram à oliveira: "Seja nossa rainha". E a oliveira respondeu: "Abrir mão do prestígio que, graças a meu óleo, o deus e também os homens me conferem, para assumir o governo das árvores?". E disseram as árvores à figueira: "Venha ser nossa rainha". E a figueira respondeu: "Abrir mão da doçura e da excelência de meus frutos, para assumir o governo das árvores?". E disseram as árvores ao piracanto: "Venha ser nosso rei". E respondeu o piracanto às árvores: "Se vocês estão de verdade me ungindo rei, venham ficar embaixo de minha sombra. Do contrário, que saia fogo do piracanto e que ele consuma os cedros-do-líbano!".

| 19

O assassino

Um assassino pôs-se a fugir, perseguido pelos parentes da vítima. Ao chegar às margens do rio Nilo, um lobo investiu contra ele. Apavorado, subiu numa árvore e se escondeu ali, quando avistou uma serpente avançar em sua direção. Deixou-se, então, cair no rio e foi devorado por um crocodilo.

A fábula mostra que para homens malditos não há lugar seguro nem na terra, nem no ar, nem na água.

| 20

O astrônomo

Um astrônomo tinha o hábito de sair de casa todas as noites para observar os astros. Certa vez, perambulava pela periferia, com toda a atenção voltada para o céu, quando por descuido caiu num poço e lá ficou, gemendo e gritando. Nisso, uma pessoa que passava por ali ouviu os gemidos, aproximou-se e, ao saber do incidente, disse: "Meu caro, você se ocupa em contemplar o que há no céu e não enxerga o que está na terra?".

Desta fábula pode servir-se qualquer pessoa em relação àqueles homens que se vangloriam do extraordinário mas não conseguem realizar o corriqueiro.

| 21

O atum e o golfinho

Um atum estava sendo perseguido por um golfinho e escapava com muito estardalhaço. Prestes a ser apanhado, sem perceber lançou-se com um fortíssimo impulso numa praia, e o golfinho, impelido pelo mesmo impulso, projetou-se com ele. O atum se voltou e, ao ver o golfinho dando o último suspiro, disse: "Mas a mim, pelo menos, a morte não é mais penosa, pois estou vendo que junto comigo também está morrendo o causador de minha morte".

A fábula mostra que os homens suportam com facilidade as desgraças, quando veem que os responsáveis por elas também estão padecendo.

| 22

O ateniense devedor

Em Atenas, um devedor, ao ter sua dívida cobrada pelo credor, primeiro pôs-se a pedir-lhe um adiamento, alegando estar em dificuldade. Como não o convenceu, trouxe uma porca, a única que possuía, e, na presença dele, colocou-a à venda. Então chegou um comprador e quis saber se a porca era parideira. Ele afirmou que ela não apenas paria, mas que ainda o fazia de modo extraordinário: para as festas da deusa Deméter, paria fêmeas e, para as de Atena, machos. E, como o comprador estivesse assombrado com a resposta, o credor disse: "Mas não se espante, pois nas festas do deus Dioniso ela também vai lhe parir cabritos".

A fábula mostra que muitos, interessados no próprio lucro, não hesitam nem mesmo em dar falso testemunho de absurdos.

| 23

O avarento

Um avarento vendeu todos os seus bens e transformou-os numa barra de ouro. Em seguida, enterrou-a diante do muro e depois passou a ir lá constantemente examiná-la. Mas um servo seu que se encontrava nos arredores ficou atento às suas idas e vindas e, ao atinar com o que se passava, aproveitou o momento em que o patrão estava distante para desenterrar a barra e roubá-la. E o avarento, quando retornou e encontrou o buraco vazio, começou a chorar e a arrancar os cabelos. Então uma pessoa que o viu, ao saber do motivo daquele sofrimento exagerado, disse: “Não se desespere assim, companheiro! Trate de pegar uma pedra, depositá-la no mesmo lugar do ouro e fazer de conta que é seu tesouro! Ela terá, para você, a mesma serventia. Pois, quando havia o ouro, você não tirava dele nenhum proveito!”.

A fábula mostra que de nada vale a riqueza se a utilidade não a acompanha.

| 24

O bandido e a amoreira

Um bandido matou um homem numa estrada e, ao ver-se perseguido pelas pessoas que ali estavam, abandonou-o e fugiu, manchado de sangue. Nisso, uns viandantes que vinham em sentido contrário lhe perguntaram com o que ele tinha manchado as mãos. Ele respondeu que tinha acabado de descer de uma amoreira. Enquanto dizia isso, seus perseguidores o alcançaram e, depois de agarrá-lo, penduraram-no numa amoreira. Esta, então, lhe disse: "Mas eu não me importo em colaborar com sua morte, pois você cometeu um crime e depois tentou limpar as mãos em mim".

Assim, muitas vezes também os honestos por natureza, quando alguns os confundem com os vis, não hesitam em agir com perversidade.

| 25

Os Bens e os Males

[A fábula mostra] Que com os bens não é fácil deparar-se, mas pelos males cada pessoa é a cada passo atingida.

Os Bens, por serem frágeis, foram perseguidos pelos Males e subiram ao céu. Lá, perguntaram a Zeus como é que deviam se comportar entre os homens. Zeus, então, disse-lhes que não ficassem todos juntos no meio deles, mas que se acercassem deles um por vez. É por isso que os Males se aproximam dos homens continuamente, pois vivem perto deles. Os Bens, ao contrário, o fazem mais espaçadamente, pois descem do céu.

| 26

A bezerra e o boi

Ao ver um boi trabalhando, uma bezerra pôs-se a lamentar a fadiga que ele experimentava. Mas, quando chegou o dia de uma festa religiosa, liberaram o boi e dominaram a bezerra para ser degolada. Ao ver isso, o boi sorriu e lhe disse: “É por isso que você não trabalhava, bezerra, pois seu futuro era ser imolada muito cedo!”.

A fábula mostra que o perigo ronda o desocupado.

| 27

O bezerrinho e a corça

A fábula mostra que nenhum elogio fortalece as pessoas de natureza covarde, mesmo que exibam um corpo robusto e de grande porte.

Certa vez um bezerrinho disse à corça: "Você, de tamanho, é superior aos cães e leva vantagem sobre eles em velocidade; e também tem chifres para defender-se. Por que então tem tanto medo dos cães?". Ela respondeu: "Sei, sim, que tenho tudo isso, mas, se ouço um latido, meu juízo se turva e eu só penso em fugir!".

| 28

O bigato e a serpente

[Havia uma figueira à beira do caminho.] Um bigato avistou uma serpente dormindo e ficou com inveja de seu tamanho. No desejo de igualar-se a ela, ele se colocou a seu lado e foi tentando esticar-se até que, sem se dar conta, passou dos limites e arrebentou-se.

Isso é o que acontece com os que se indispõem contra os superiores. Eles próprios se arrebentam muito antes de conseguir atingi-los.

| 29

O bode e a videira

Enquanto um bode comia os brotos no renovo da videira, esta lhe disse: “Por que você me danifica? Será que não há mais relva? Mesmo assim, fornecerei todo o vinho de que precisarem quando você for imolado”.

Os ingratos e os que querem passar a perna nos amigos, a fábula denuncia.

| 30

Os bois e o eixo

Enquanto os bois puxavam a carroça, o eixo rangia. Então eles se voltaram e lhe disseram: “Ei, meu caro, nós carregamos todo o peso e você é que fica resmungando?”.

Assim, também certos homens, enquanto outros fazem força, fingem que são eles que estão se esfalfando.

| 31

Os bois e o leão

Três bois viviam a pastar sempre juntos. Mas um leão que desejava comê-los e não conseguia, porque eles viviam em concórdia, indispôs um contra o outro por meio de falsos discursos e separou-os. E, assim, como os encontrou isolados, devorou um por um.

Se você deseja muito viver livre de perigos, desconfie dos inimigos; nos amigos, porém, tenha confiança, e preserve-os.

| 32

Bóreas e o Sol

O vento Bóreas e o Sol, numa disputa para ver quem era o mais forte, decidiram conceder a vitória àquele que fizesse um viandante tirar a roupa. Bóreas começou e soprou com violência. E, como o homem continuou com a roupa, reforçou a violência para pressioná-lo mais ainda. O homem, porém, cada vez mais castigado pelo frio, foi se cobrindo com roupas sobressalentes, até que Bóreas, exausto, entregou-o ao Sol. Este, por seu turno, primeiro emitiu um brilho moderado. O homem começou a se despir das roupas sobressalentes. Então, o Sol foi intensificando cada vez mais a ardência até que o homem, não conseguindo resistir ao calor, tirou a roupa e foi tomar banho num rio que corria ao lado.

A fábula mostra que muitas vezes a persuasão é mais eficaz do que a força.

| 33

O burro doente e o lobo médico

Em visita a um burro adoentado, um lobo começou a apalpar o corpo dele, ao mesmo tempo que indagava quais partes doíam mais. E respondeu o burro: "Essas que você está apalpando".

Assim, os homens maus, ainda que deem a impressão de ajudar, só prejudicam.

| 34

O burro festeiro e o dono

Uma pessoa tinha um cão maltês e um burro, mas vivia sempre mimando o cão. Desse modo, se ia jantar fora, trazia algum bocado para lhe atirar quando o cão vinha a seu encontro abanando o rabo. Certa vez o burro, enciumado, correu ao encontro do dono e, ao saltitar, deu-lhe um coice. Então o dono perdeu a paciência e ordenou que, debaixo de pancadas, ele fosse levado para ser preso na estrebaria.

A fábula mostra que nem todos nasceram para tudo.

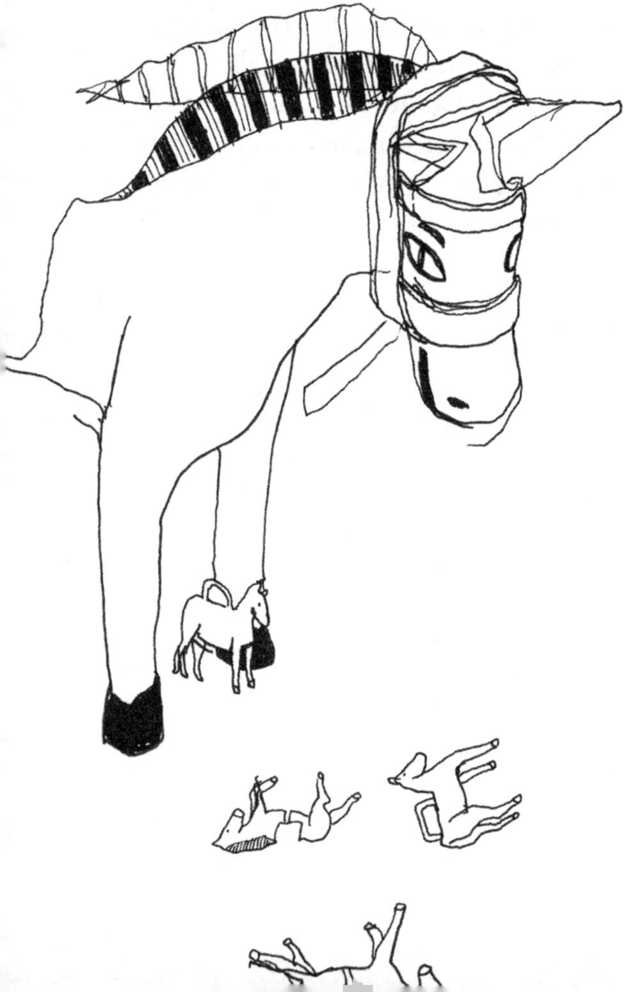

| 35

O burro e a mula

Um burriqueiro colocou fardos sobre um burro e uma mula e pôs-se a tangê-los. Enquanto o caminho seguia pela planície, o burro suportou o peso, mas quando chegaram à montanha ele já não aguentava mais, e pediu à mula o favor de assumir uma parte de seu fardo, para que ele pudesse continuar transportando o restante. Mas ela não deu atenção ao pedido. O burro, então, despencou numa ribanceira e arrebentou-se. Sem saber o que fazer, o burriqueiro colocou o fardo do burro sobre a mula e, depois de escorchá-lo, pôs sobre ela também a pele do burro. Foi então que, sob forte exaustão, ela disse: "Benfeito para mim! Se eu tivesse me deixado convencer pelo burro, que me pediu o favor de aliviá-lo um pouco, agora não estaria carregando o burro juntamente com seus fardos!".

Assim, também, alguns credores avarentos, para não conceder descontos aos devedores, muitas vezes acabam perdendo o próprio capital.

| 36

O burro e a mula com cargas iguais

Um burro e uma mula faziam um mesmo trajeto quando o burro, ao ver que os dois levavam fardos iguais, ficou indignado e pôs-se a reclamar, dizendo que a mula, apesar de ser contemplada com uma dupla quantia de ração, nem por isso estava levando um peso maior. E, tendo eles avançado apenas uma pequena parte do trajeto, o burriqueiro notou que o burro não estava aguentando. Então, tirou-lhe uma parte da carga e depositou-a sobre a mula. E, depois de terem avançado mais um tanto, notou que o burro estava ainda mais extenuado. Então de novo repartiu a carga, até que a retirou toda do burro e colocou-a sobre a mula. Foi aí que ela olhou bem para o burro e disse: “E então, meu caro, você não considera justo que eu mereça uma ração dupla?”.

Pois é. Portanto, convém que também nós julguemos o modo de ser de cada pessoa não pelo princípio, mas pelo fim.

| 37

O burro e as cigarras

Ao ouvir cigarras a cantar, um burro ficou deleitado com tão melodiosa voz e perguntou-lhes, com inveja, de que elas se alimentavam para emitir uma voz como aquela. “Orvalho”, responderam elas. Ele ficou esperando o orvalho e morreu de fome.

Assim, também, os que têm aspirações contrárias à natureza, além de não realizá-las, ainda padecem enormes desgraças.

| 38

O burro e as rãs

Um burro atravessava um charco carregando um fardo de lenha, quando deu um escorregão e caiu. Como não podia se erguer, ficou gemendo e se lastimando. Então as rãs do brejo, ao ouvir os lamentos, disseram: “Se você, meu caro, que caiu há pouco, está gemendo dessa maneira, o que não faria se passasse aqui tanto tempo quanto nós?”.

Dessa fábula pode servir-se uma pessoa a propósito de um homem frouxo que reclama de ínfimas desgraças, enquanto ela própria suporta, sem dificuldade, desgraças enormes.

| 39

O burro e o burriqueiro

Um burro, conduzido por um burriqueiro, percorreu uma pequena parte do caminho e depois abandonou a estrada plana e meteu-se pelas escarpas. E já estava despencando na ribanceira, quando o burriqueiro o segurou pelo rabo e tentou fazê-lo contornar o abismo. Mas, como o burro oferecia vigorosa resistência, ele o soltou, dizendo: "Você venceu! Mas que bela vitória é a sua!".

Para o homem
amante de desafios,
a fábula é oportuna.

| 40

O burro e o cão que caminhavam juntos

Um burro e um cão seguiam juntos por um mesmo caminho, quando encontraram no chão uma carta selada. O burro pegou a carta, rompeu o selo, abriu-a e depois começou a ler para o cão ouvir. Mas as linhas tratavam de pastagens, isto é, de capim, de cevada e de palha. Enquanto o burro discorria sobre tal assunto, o cão foi se enfastiando e, a certa altura, disse-lhe: "Desce um pouco, meu caro, quem sabe você encontra alguns detalhamentos a respeito de carnes e de ossos". Então o burro percorreu toda a carta e, como não localizou nada do que interessava ao cão, este replicou: "Jogue isso fora, amigo, pois não serve para nada".

| 41

O burro e o hortelão

Um burro, servo de um hortelão, comia pouco e estafava-se demais. Por isso, pediu a Zeus que o livrasse do hortelão e o confiasse a outro dono. Por intermédio de Hermes, Zeus deu ordens para que o vendessem a um oleiro. Mas ele tornou a ficar descontente, pois era forçado a carregar mais peso do que antes. Então suplicou de novo outro dono a Zeus, que, por fim, providenciou que ele fosse vendido a um curtumeiro. Ao ver as atividades do patrão, o burro disse, entre gemidos: "Mesmo carregando peso e passando fome, era melhor ter ficado com os donos anteriores do que estar com este, pois, aqui, se eu morrer, não terei nem sepultura!".

A fábula mostra que os servos sentem saudade dos donos anteriores, sobretudo quando experimentam outros.

| 42

O burro em pele de leão

[A fábula mostra] Que você, que é pobre e gente comum, não deve imitar o comportamento dos ricos, para não ser alvo de caçoadas nem correr riscos.

Envolto numa pele de leão, um burro fazia todo mundo pensar que ele era um leão e, assim, punha em fuga homens e rebanhos. Mas, logo que soprou uma rajada de vento, a pele se despegou e o burro ficou nu. Aí, então, todos acorreram e o surraram com varas e porretes.

| 43

O burro que vestiu uma pele de leão

Um burro vestiu uma pele de leão e pôs-se a perambular, apavorando os animais irracionais. Ao avistar uma raposa, também tentou amedrontá-la. Então ela, que por acaso já tinha ouvido anteriormente a voz do burro, disse a ele: "Mas esteja certo de que eu também teria me apavorado, se já não tivesse ouvido você zurrar!".

Assim, algumas pessoas ignorantes que, graças à empáfia, dão a impressão de serem as tais são desmascaradas pela própria tagarelice.

Mas esteja certo de que eu também teria me apavorado, se já não tivesse ouvido você zurrar!

| 44

O burro que carregava sal

Um burro carregado de sal atravessava um rio quando escorregou e caiu na água. E, como o sal se dissolveu, ele se levantou mais leve e saiu todo contente. Tempos depois, estava com uma carga de esponjas quando chegou à beira de um rio e, supondo que, se caísse novamente, iria levantar-se mais ágil, escorregou de propósito. Aconteceu, porém, que as esponjas absorveram a água e ele, sem poder levantar-se, afogou-se ali mesmo.

Assim, também, certos homens não notam que se arrastam para desgraças, devido às suas próprias manobras.

| 45

O burro que carregava uma estátua

Um homem colocou uma estátua sobre um burro e o tocou para a cidade. As pessoas que deparavam com ele faziam reverências à estátua, mas o burro, crente de que eram para ele as reverências, pôs-se a zurrar, todo empolgado, e não quis mais seguir adiante. Quando o burriqueiro atinou com o que estava acontecendo, começou a surrá-lo com o porrete, dizendo: "Ô, cabeça oca, só me faltava essa! Um burro ser reverenciado por homens!".

A fábula mostra que as pessoas que se engradecem com bens alheios se expõem ao deboche da parte daqueles que as conhecem.

| 46

O burro que comia paliúro e a raposa

Um burro comia as folhas ásperas de paliúro;
notou-o uma raposa, que lhe disse, injuriosa:
"Com uma língua tão macia e assim sem pele,
como você tritura e engole esse alimento rijo?".

A fábula [convém] aos que usam a língua para proferir palavras duras e perigosas.

| 47

O burro que felicitava o cavalo

[A fábula mostra] Que não devemos invejar os ricos e os que estão no poder, mas, levando em conta que eles são alvo de inveja e de ameaças, devemos estimar a pobreza, mãe da tranquilidade.

Um burro se pôs a felicitar o cavalo, por este receber alimento e cuidados especiais, e a deplorar a si mesmo e a sua sorte, dizendo que carregava fardos pesados e recebia pouca comida, ao passo que o cavalo, adornado de rédeas e testeiras, realizava percursos leves. Ia o burro tecendo tais considerações, quando sobreveio o tempo da guerra. Foi então que o general montou com suas armas no cavalo e o tocou para o campo dos inimigos. E o cavalo, ferido por golpes de espadas, acabou jazendo agonizante. Então o burro mudou de opinião e teve pena do cavalo.

| 48

O burro selvagem e o burro doméstico

Ao ver um burro doméstico num local bem ensolarado, um burro selvagem chegou perto e se pôs a felicitá-lo por ter um corpo vigoroso e alimento à disposição. Mais tarde, porém, ao vê-lo carregando fardos e o burriqueiro atrás dele a dar-lhe chicotadas, disse: “Eu não o felicito mais. Pois vejo que você tem fartura ao preço de grandes males!”.

Assim, não são invejáveis as vantagens alcançadas com perigos e sofrimentos.

| 49

O burro, a raposa e o leão

Um burro e uma raposa se tornaram sócios e saíram para caçar. Mas, quando toparam com um leão, a raposa, ao ver o perigo iminente, se aproximou dele e propôs entregar-lhe o burro caso ele prometesse poupá-la. Como o leão disse que iria libertá-la, a raposa induziu o burro a cair numa armadilha preparada por ela. E o leão, ao ver que o burro não podia escapar, agarrou primeiro a raposa e, em seguida, foi para cima do burro.

Assim, os que conspiram contra os sócios sem perceber também perecem muitas vezes junto com eles.

| 50

O burro, o corvo e o lobo

Um burro com uma ferida no lombo pastava num prado, quando um corvo pousou em cima dele e ficou dando bicadas na ferida. Enquanto o burro zurrava e saltava de dor, o burriqueiro, parado a uma certa distância, dava risada. Nisso, passava por ali um lobo, que, ao ver a cena, disse para si: “Pobres de nós! Se dermos uma única espiada, somos perseguidos, ao passo que o corvo ganha sorrisos”.

A fábula mostra que os homens malfeitores são conhecidos mesmo à distância.

| 51

O burro, o galo e o leão

Um burro e um galo estavam num estábulo, quando um leão faminto avistou o burro e viu que, se entrasse lá, poderia devorá-lo. Mas, ao ouvir o som do galo cacarejando, retraiu-se de medo – pois dizem que os leões se arrepiam com a voz dos galos –, fez meia-volta e se pôs a fugir. E o burro, todo animado a enfrentá-lo – uma vez que ele sentia medo de um galo! –, saiu do estábulo para ir em seu encalço. E, quando o burro já estava bem longe dali, o leão o devorou.

Assim, também, alguns homens, ao ver que seus inimigos estão sendo humilhados, crescem em ousadia e, sem se dar conta, são destruídos por eles.

| 52

Os burros dirigindo-se a Zeus

Fartos de carregar peso e de extenuar-se continuamente, certa vez os burros enviaram embaixadores a Zeus para pedir que ele desse um basta à fadiga. Pretendendo fazê-los ver que isso era impossível, Zeus disse que eles só se livrariam do sofrimento quando formassem um rio com a própria urina. E eles, supondo que o deus estivesse falando sério, desde aquele dia até hoje, onde quer que vejam urina de burro, param também ao redor desse local e urinam.

A fábula mostra que o destino fixado para cada um é imutável.

C

D

| 53

A cabra e o burro

[A fábula mostra] Que quem maquina velhacarias contra outra pessoa é o principal desencadeador de seus próprios males.

Uma pessoa criava uma cabra e um burro. A cabra, que sentia inveja do burro por causa de sua ração farta, ficava dizendo: "Você tolera castigos sem fim, ora fazendo girar a moenda, ora carregando fardos". E sugeria que ele se fingisse de epilético, caísse num buraco e lá ficasse, imóvel. Ele se deixou persuadir e caiu, quebrando-se todo. Então o dono chamou o médico e pediu ajuda. Para recobrar a saúde do burro, o médico receitou uma infusão feita com pulmão de cabra. Foi então que eles sacrificaram a cabra e medicaram o burro.

| 54

A cabra e o pastor de cabras

Um pastor de cabras chamou suas cabras para o redil, mas uma delas ficou para trás, saboreando a pastagem. O pastor atirou contra ela uma pedra e sua boa pontaria quebrou-lhe o chifre. Depois, ficou implorando à cabra que não contasse nada ao patrão. Mas ela respondeu: "Mesmo que eu me cale, como vou esconder? Pois é evidente para todo mundo que meu chifre está quebrado!".

[A fábula mostra] Que, quando a culpa é evidente, não há como ocultá-la.

| 55

O cabrito e o lobo flautista

Um cabrito que ficou por último atrás do rebanho estava sendo perseguido por um lobo. Então ele se virou para o lobo e disse: "Lobo, estou conformado em ser sua comida. Mas, para que eu não morra de forma indigna, toque flauta para eu dançar". E o lobo se pôs a tocar flauta e o cabrito, a dançar. Entretanto, os cães o ouviram e saíram no encalço do lobo. Então este se voltou e disse ao cabrito: "Isso é benfeito para mim, pois eu, que sou magarefe, não devia me pôr a imitar um flautista".

Assim, aqueles que praticam uma ação sem levar em conta as circunstâncias perdem até o que têm em mãos.

Ei, meu
caro, não é
você que me
injuria, mas
o lugar onde
você está!

| 56
O cabrito em cima da casa e o lobo

Postado no alto de uma casa, um cabrito viu um lobo passar por ali e se pôs a dizer-lhe injúrias e zombarias. Então o lobo disse: "Ei, meu caro, não é você que me injuria, mas o lugar onde você está!".

A fábula mostra que as circunstâncias favorecem o atrevimento contra os mais fortes.

686

Não é você que me injuria, mas o lugar onde você está!

| 57

O caçador covarde e o lenhador

Um caçador que estava procurando pegadas de um leão perguntou a um lenhador se ele tinha visto as pegadas e onde o leão estava deitado. “Vou já lhe mostrar o próprio leão!”, respondeu o lenhador. E o caçador, amarelo de medo e batendo os dentes, replicou: “Só estou procurando as pegadas, e não o próprio leão!”.

Os atrevidos e covardes a fábula censura, os que são destemidos no falar e não no agir.

| 58

O caçador de passarinhos e a cigarra

Fábula do caçador de passarinhos, a qual exorta a não se atentar nas palavras, mas nos fatos.

Ao ouvir uma cigarra, um caçador de passarinhos achou que iria caçar uma grande presa e foi se aproximando, enquanto calculava, pela altura do canto, o tamanho da caça. Mas, quando manobrou a visgueira e apanhou a caça, teve em mãos um canto, nada mais que isso. E depois ficou recriminando a presunção, que leva muitos homens a formular falsos julgamentos.

Assim, as pessoas insignificantes tentam parecer bem mais do que são de fato.

| 59
O caçador de passarinhos e a víbora

Um caçador de passarinhos pegou o visgo e os caniços e partiu para a caça. Quando avistou um tordo pousado numa árvore alta, resolveu apanhá-lo. Então emendou os caniços no sentido do comprimento e ficou olhando fixamente, com toda a atenção voltada para o ar. E, enquanto mantinha a cabeça erguida assim, pisou sem perceber numa víbora que dormia diante de seus pés. Ela se virou e deu-lhe uma picada. E ele, moribundo, disse para si: “Que desgraçado sou eu, que quis agarrar uma presa e, sem perceber, tornei-me presa da morte!”.

Assim, aqueles que costuram maquinações contra os vizinhos são eles próprios os primeiros a cair em desgraças.

| 60

O caçador e o cão

Um caçador viu um cão que vinha ao seu encontro e se pôs a atirar-lhe pedaços de pão, um atrás do outro. Então o cão disse para o homem: “Fulano, desista de mim. Sua extrema boa vontade me deixa, ao contrário, muitíssimo incomodado!”.

Essa fábula mostra que aqueles que oferecem às pessoas muitos presentes é claro que estão tentando solapar a verdade.

Enquanto mantinha a
cabeça erguida assim,
pisou sem perceber
numa víbora

| 61

O caçador e o cavaleiro

Um caçador seguia seu caminho carregando um coelho que havia caçado, quando deparou com um homem montado num cavalo. O cavaleiro fez perguntas sobre o coelho com o intuito de comprá-lo e, assim que pegou o coelho das mãos do caçador, saiu em disparada. O caçador tentou correr atrás dele para alcançá-lo, mas o cavaleiro mantinha-se a uma grande distância. Desacorçoado, o caçador o chamou e disse: "Vai embora de uma vez! Eu já te dei o coelho de presente mesmo!".

Essa fábula mostra que muitos que são despojados de seus bens à força passam a fazer de conta que os deram de presente por querer.

| 62

O caçador e o lobo

Ao ver um lobo atacando o rebanho e dilacerando o maior número de ovelhas que podia, um caçador o apanha por meio de um bom ardil, atiça os cães contra ele e, em seguida, lhe vocifera: "Ô, bicho ordinário, cadê sua força de antes? Você não está sendo capaz de nem mesmo enfrentar os cães!".

Essa fábula mostra que todo ser humano alcança renome graças à habilidade que lhe é peculiar.

| 63

A cadela que carregava carne

Uma cadela atravessava um rio levando um pedaço de carne, quando observou na água sua própria imagem. Crente de que era outra cadela com um pedaço de carne maior, largou o seu e avançou para tomar o da outra. Sucedeu, porém, que ela ficou sem os dois, sem o que ela não alcançou, porque não existia, e sem o seu, que foi rio abaixo.

Para homem ambicioso a fábula é oportuna.

| 64

As cadelas famintas

Cadelas famintas avistaram peles encharcadas num rio. Como não conseguiam alcançá-las, combinaram entre si que primeiramente sorveriam a água e, depois, chegariam até elas. Mas sucedeu que elas foram bebendo e estouraram antes de alcançar as peles.

Assim, alguns
homens se entregam
afoitamente a
tarefas arriscadas,
na esperança
de obter ganhos,
mas se arruínam
antes mesmo de
chegar perto do
que almejam.

| 65

Os cães

Um homem que era dono de dois cães ensinou um a caçar e fez do outro seu cão de guarda. E, então, cada vez que o cão de caça saía a caçar e trazia alguma presa, o dono atirava um pedaço dela também para o outro. Indignado, o cão caçador passou a censurar o cão de guarda, pois, enquanto ele próprio vivia saindo e se estafando, o outro nada fazia e se deliciava com os frutos do esforço alheio. Então o cão de guarda lhe retrucou: “Mas não faça críticas a mim, e sim ao meu dono! Foi ele que me ensinou não a trabalhar, mas a desfrutar do trabalho alheio”.

Assim, também, as crianças preguiçosas não merecem censura, quando os pais as educam dessa maneira.

| 66

Os cães que estraçalhavam uma pele de leão

Uns cães encontraram uma pele de leão e puseram-se a fazê-la em pedaços. Ao vê-los, a raposa disse: "Se esse leão estivesse vivo, veriam que suas garras eram mais fortes do que os dentes de vocês".

Essa fábula é clara para os que menosprezam as pessoas ilustres, quando elas despencam do poder e da glória.

| 67

O cão adormecido e o lobo

Um cão dormia diante de um estábulo quando um lobo o avistou e, depois de agarrá-lo, estava pronto para comê-lo, mas ele começou a implorar ao lobo que não o sacrificasse naquele momento. "Agora", disse ele, "estou magro e mirrado. Mas meus donos estão para realizar uma festa de casamento e, se você me deixar livre agora, no futuro estarei mais gordo para você me devorar." O lobo se convenceu e o soltou. Alguns dias depois ele voltou e encontrou o cão dormindo no alto da casa. Então ele parou e falou para o cão descer, lembrando-o do compromisso. O cão respondeu: "Mas se você, lobo, me vir dormindo de novo diante do estábulo, não mais aguarde casamento!".

Assim, os homens sensatos, quando se safam de algum perigo, resguardam-se dele no futuro.

68
O cão convidado para jantar

Um homem preparava um jantar para receber à mesa um amigo íntimo. E o cão dele chamou outro cão, dizendo: "Amigo, vem jantar aqui comigo". Ele foi e, enquanto contemplava feliz o grande jantar, exclamava intimamente: "Uau!, que alegria inesperada me apareceu bem agora! Vou me banquetear à farta e comer tanto que amanhã não terei fome nenhuma!". O cão dizia isso para si e, ao mesmo tempo, abanava o rabo, confiante no amigo. Mas o cozinheiro, quando viu aquele rabo se movimentando para lá e para cá, agarrou o cão pelas patas e, num átimo, o arremessou para fora, pela janela. Após o baque, ele foi embora, ganindo muito. Então um dos cães que toparam com ele no caminho perguntou: "Como foi o jantar, amigo?". Ele respondeu: "Exagerei na bebida e fiquei tão bêbado que nem mesmo sei por onde foi que eu saí".

A fábula mostra que não se deve baixar a guarda diante daqueles que prometem benefícios a expensas de bens alheios.

| 69

O cão de caça

[A fábula mostra] Que não se deve, por amor ao luxo e à vanglória, atrair perigos para si, mas fugir deles.

Um cão criado em casa era adestrado para lutar contra animais ferozes. Mas, quando viu vários deles parados em fila, quebrou a coleira do pescoço e pôs-se a fugir pelas ruas. Então outros cães, vendo que ele era robusto como um touro, disseram: "Por que você está fugindo?". Ele respondeu: "Sei que convivo com um exagero de comida e sacio meu corpo. Mas estou sempre a um passo da morte, quando luto contra ursos e leões". Então eles comentaram entre si: "Vida boa é a nossa, ainda que pobre, pois não lutamos contra leões e nem contra ursos!".

| 70

O cão e a lebre

Após apanhar uma lebre, um cão de caça ora lhe dava mordidas, ora lambia-lhe os lábios. Então ela, interrompendo-o, lhe disse: “Ou você para de me morder, ou para de me beijar, a fim de eu saber se sua conduta é de amigo ou de inimigo”.

Para homem ambíguo a fábula é oportuna.

| 71

O cão e o açougueiro

Um cão entrou num açougue e, enquanto o açougueiro estava ocupado, roubou um coração e escapuliu. O açougueiro se virou e disse, ao vê-lo fugir: “Mas fique você sabendo que, onde quer que esteja, irei vigiá-lo. Pois você não roubou de mim um coração; pelo contrário, agora eu tenho um, que você me deu!”.

A fábula mostra que, muitas vezes, os sofrimentos se tornam ensinamentos para os homens.

| 72

O cão e o caramujo

Um cão acostumado a engolir ovos, assim que viu um caramujo, escancarou a boca e o engoliu numa enorme bocada, crente de que fosse um ovo. Então, sentiu um peso nas entranhas e disse, gemendo: "É benfeito para mim, se tudo o que é redondo eu acho que é ovo".

A fábula nos ensina que aqueles que se lançam irrefletidamente a uma tarefa mergulham, sem se dar conta, em situações inusitadas.

| 73

O cão que perseguia um lobo

Enquanto afugentava um lobo, um cão fremia, orgulhoso, da rapidez de suas patas e de seu próprio vigor, achando que o lobo fugia devido a alguma fraqueza que lhe era peculiar. Foi então que o lobo se voltou e disse ao cão: "Não é de você que tenho medo, mas da investida de seu dono".

Essa fábula mostra que não se deve enfunar-se com a nobreza dos outros.

| 74

O cão que perseguia um leão

Um cão de caça viu um leão e se pôs a persegui-lo, mas o leão se voltou e deu um rugido. Amedrontado, o cão retrocedeu. Então uma raposa o viu e disse: “Ô, cabeça oca, você estava perseguindo um leão e não podia nem com o rugido dele?”.

A fábula poderia ser contada a propósito de homens arrogantes que se põem a denegrir os mais poderosos, mas, quando eles os enfrentam, imediatamente retrocedem.

| 75

O cão que usava sinete

Um cão mordia traiçoeiramente. Então o dono pendurou nele um sinete, para que todos fossem advertidos. O cão, porém, se pavoneava na praça, agitando o sinete. Então uma cadela velha lhe disse: “Por que você se exibe? Não é por mérito que está carregando isso, mas como denúncia de sua maldade oculta”.

[A fábula mostra] Que as atitudes envaidecidas dos fanfarrões são mostras evidentes de perversidade oculta.

| 76

O cão, o galo e a raposa

Um cão e um galo se tornaram amigos quando seguiam juntos por uma estrada. Ao cair da noite, chegaram a um bosque e, enquanto o galo subiu numa árvore e pousou num galho, o cão adormeceu numa fenda ao pé da árvore. A noite passou e, ao nascer da aurora, o galo se pôs a soltar sua gritaria, como de costume. Então uma raposa o ouviu e, no desejo de abocanhá-lo, se aproximou e ficou parada sob a árvore, gritando para ele: "Você é uma ave boa e de utilidade para os homens. Desça, para cantarmos serenatas e nos alegrarmos juntos". E ele disse, em resposta: "Amiga, vá aí embaixo, diante da raiz da árvore, e chame o vigia, para ele bater na porta". E, quando a raposa foi chamá-lo, num átimo o cão saltou sobre ela, agarrou-a e fê-la em pedaços.

A fábula mostra que assim, também, os homens sensatos, quando lhes advém alguma desgraça, com facilidade se posicionam para lutar contra ela.

| 77

A camela dançarina

Uma camela que era obrigada pelo dono a dançar disse: "Sou desajeitada não só dançando, mas também caminhando".

A fábula vale para qualquer atividade inconveniente.

| 78

A camela que defecou no rio

Uma camela defecou enquanto estava atravessando um rio de forte correnteza, e logo em seguida viu o excremento passar à sua frente, devido à rapidez da corrente. Então ela disse: "O que é isso? Já estou vendo deslizar à minha frente o que estava atrás de mim!".

A fábula cai bem para uma cidade onde os ínfimos e os imbecis dominam em lugar dos primordiais e dos sensatos.

| 79

A camela que desejava ter chifres

Ao ver um touro orgulhoso de seus chifres, uma camela ficou com inveja e também desejou conseguir uns iguais. Por isso, foi a Zeus pedir que lhe concedesse chifres. Irritado com ela, que, não satisfeita com o tamanho de seu corpo e sua força, ainda ambicionava qualidades adicionais, Zeus não só não lhe acrescentou os chifres como ainda lhe retirou um pedaço das orelhas.

Assim, muitas pessoas cúpidas que olham com inveja os bens alheios não notam que perdem até o que possuem.

| 80

A camela vista pela primeira vez

Quando uma camela foi vista pela primeira vez, os homens, atemorizados e estarrecidos com o tamanho dela, puseram-se em fuga. Mas, com o passar do tempo, notaram sua mansidão e se tranquilizaram a ponto de chegar perto dela. E, como aos poucos foram percebendo que esse animal não era raivoso, chegaram a tal ponto de desconsideração que até um cabresto puseram nele e o entregaram aos garotos para conduzi-lo.

A fábula mostra que o costume suaviza bastante as situações aterradoras.

| 81

O camelo, o elefante e o macaco

Estavam os animais irracionais decidindo a eleição de um rei, quando se apresentaram como candidatos um camelo e um elefante, esperançosos de serem os preferidos entre todos, por causa da força e da estatura de seus corpos. Todavia, um macaco disse que ambos eram inadequados: o camelo, porque não se irritava com os injustos, e o elefante, porque temia que um leitão, do qual ele tem pavor, viesse atacá-los.

A fábula mostra que até os empreendimentos muito importantes frequentemente se embaraçam, por causa de um pequeno detalhe.

| 82

Os caramujos

O filho de um lavrador estava assando caramujos e, ao ouvi-los crepitar, disse: “Ô, bichos horrendos, suas casas estão pegando fogo e vocês ficam cantando!”.

A fábula mostra que tudo o que é feito em hora inoportuna é digno de censura.

"Ô, bichos horrendos,
suas casas estão
pegando fogo
e vocês ficam
cantando!"

| 83

O caranguejo e sua mãe

A mãe do caranguejo estava lhe dizendo para não caminhar de lado nem esfregar as costas na rocha úmida. Então ele replicou: “Mãe, você, que está tentando me ensinar, trate de caminhar direito, que eu vou vendo e imitando!”.

[A fábula mostra] Que convém àqueles que criticam viver e andar direito, e só então dar lições de comportamento.

| 84

O caranguejo e a raposa

Um caranguejo saiu do mar e subiu até a praia, onde passou a viver sozinho. Uma raposa faminta, assim que o viu, foi correndo agarrá-lo, pois precisava alimentar-se. E, prestes a ser engolido, ele disse: "Mas é benfeito para mim, pois eu era um animal marinho e quis tornar-me um terrestre".

Assim, também, os homens que abandonam as ocupações pessoais para empreender as que não lhes dizem respeito afligem-se com razão.

| 85

Os carpinteiros e o pinheiro

Uns carpinteiros tentavam rachar um pinheiro e passaram a fazê-lo sem dificuldade depois de fabricar com ele algumas cunhas. Disse, então, a árvore: "Não recrimino tanto o machado que me corta, como estas cunhas nascidas de mim".

[A fábula mostra] Que uma pessoa sofrer algum desaforo da parte de estranhos não é tão terrível quanto sofrê-lo da parte dos familiares.

| 86

O carreiro e Héracles

Um carreiro guiava a carroça para a aldeia,
quando ela despencou num barranco fundo.
Ele, em vez de acudir, ficou parado, inerte,
pondo-se a rezar a Héracles somente,
dos deuses todos o que ele mais honrava.
Vem o deus, então, e lhe diz: "Ajeite as rodas,
aguilhoe os bois e reze, sim, aos deuses,
mas se você não ajudar, é reza à toa!".

| 87

O carro de Hermes e os árabes

Hermes, certa vez, percorria a terra inteira, conduzindo um carro lotado de mentiras, trapaças e fraudes, e em cada região ia distribuindo uma pequena porção da carga. Mas, quando chegou à terra dos árabes, dizem que o carro quebrou de repente e que eles furtaram a mercadoria como se fosse uma carga valiosa, impedindo o deus, assim, de seguir viagem para as terras de outros povos.

(A fábula mostra) Que os árabes superam a todas as raças em mentiras e fraudes, pois a verdade não existe na língua deles.

| 88

O carvalho e o cálamo

Um carvalho e um cálamo disputavam para ver quem tinha mais força. Quando soprou um vento violento, o cálamo se dobrou, curvando-se às rajadas, e escapou ileso. Já o carvalho, que tentou resistir aos ventos, foi arrancado pela raiz.

A fábula mostra que não se deve competir com os mais fortes nem enfrentá-los.

| 89

Os carvalhos e Zeus

Os carvalhos se queixavam a Zeus, dizendo: "Foi à toa que viemos ao mundo, pois, mais que todas as plantas, suportamos o abate violento!". E Zeus: "Pois são vocês mesmos os responsáveis por se acharem em tal desventura. Se não fornecessem os cabos de machados e não tivessem utilidade para marceneiros e camponeses, nenhum machado iria abatê-los!".

Certas pessoas que são responsáveis pelos próprios males, recriminam tolamente a divindade.

| 90

O carvoeiro e o tintureiro

Um carvoeiro, ao ver um tintureiro estabelecer moradia perto da casa onde ele exercia sua profissão, foi lá propor-lhe que morassem juntos, explicando que se tornariam mais íntimos e, administrando um único estabelecimento, viveriam com mais lucros. O tintureiro lhe respondeu: "Mas para mim isso é completamente impossível! Pois o que eu alvejar você vai sujar de fuligem!".

A fábula mostra que o diferente é insociável.

| 91

O castor

O castor é um animal quadrúpede que vive em lagos. Dizem que suas vergonhas são usadas para certas curas. Portanto, se uma pessoa o vê e o persegue, ele, ciente do atrativo pelo qual está sendo perseguido, foge o quanto pode, para preservar-se inteiro, tirando partido da rapidez de suas patas. Mas, quando se vê acuado, corta fora as próprias vergonhas e, desse modo, consegue ficar vivo.

Assim, também, dentre os homens são sensatos aqueles que, ao sofrer ameaças por causa de suas riquezas, abrem mão delas para não pôr em perigo a própria vida.

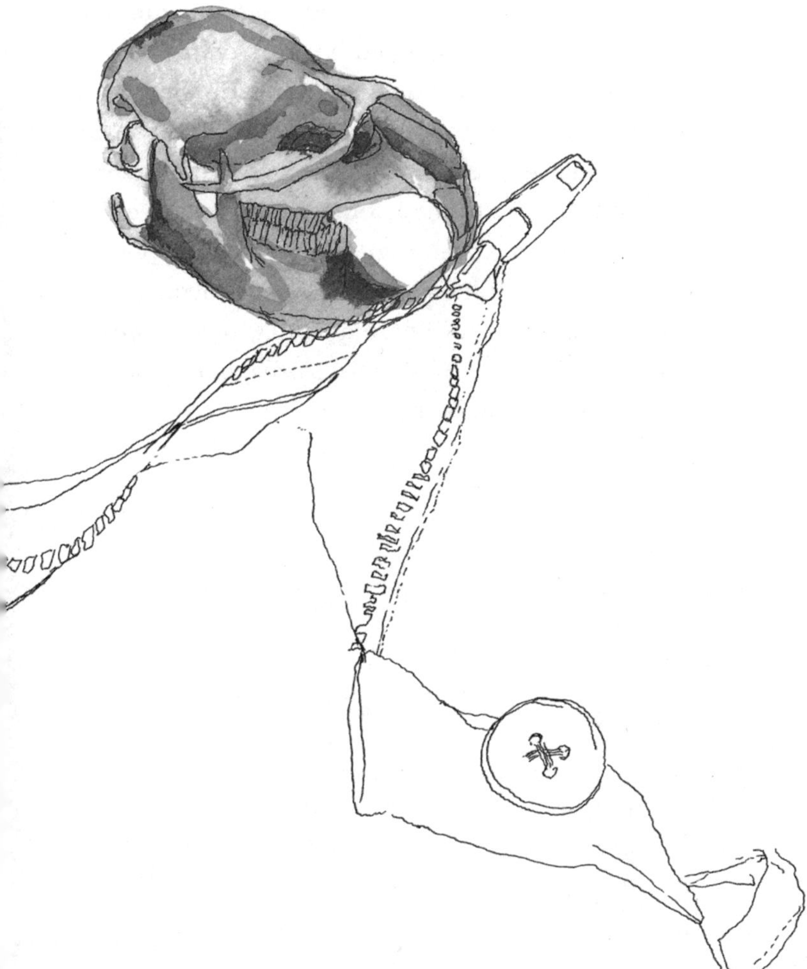

| 92

A cauda e o corpo da cobra

Certa vez, a cauda de uma cobra achou que o certo era ela se pôr à frente do corpo e ser a primeira a andar. Então os outros membros disseram: "Como é que você vai nos conduzir, se não tem olhos nem nariz, como os outros animais?". Mas não conseguiram convencê-la e, por fim, o bom senso foi derrotado. A cauda assumiu o comando e se pôs a guiar o corpo inteiro, arrastando-o às cegas, até que caiu num precipício rochoso. A cobra machucou a espinha e o corpo todo. Então a cauda, sacudindo-se, suplicou à cabeça: "Salve-nos, patroa, por favor. Fiz mal em tentar competir com você".

Homens ardilosos e perversos que se revoltam contra os patrões a fábula censura.

| 93

O cavaleiro careca

[A fábula mostra] Que ninguém deve sofrer com o advento de infortúnios, pois não conservamos conosco aquilo que não recebemos da natureza ao nascer. Nascemos nus e nus também morreremos.

Um homem careca botou na cabeça uma peruca e foi cavalgar. Mas um golpe de vento carregou a peruca e um riso franco tomou conta dos que presenciavam a cena. Então ele interrompeu a marcha e disse: “O que há de estranho se esses cabelos, que não são meus, me deixaram? Eles também abandonaram o verdadeiro dono, com o qual nasceram!”.

| 94

O cavalo e o cocheiro

Um cocheiro roubava a cevada do cavalo para vender, e depois passava o dia todo a esfregá-lo e alisá-lo. Então o cavalo disse: “Se você quer de verdade que eu fique bonito, não venda a cevada que me alimenta”.

[A fábula mostra] Que os ambiciosos, quando fisgam os pobres com lisonjas e palavras persuasivas, retiram deles até o essencial.

| 95

O cavalo e o soldado

Era um tempo de guerra e um soldado alimentava seu cavalo com cevada, por julgá-lo um colaborador nas emergências. No entanto, quando a guerra acabou, o cavalo passou a cuidar de tarefas servis e de pesados fardos, e a ser alimentado apenas com palha. Mas, quando se ouviu de novo falar em guerra e a trombeta começou a soar, o dono pôs arreios no cavalo e montou nele com seus armamentos. Ele, porém, arriava a todo momento, sem forças para nada. Foi então que disse ao dono: "Agora trate de partir com os soldados da infantaria, os hoplitas, pois você me transformou, de cavalo que eu era, em burro. E como quer reaver, de um burro, um cavalo?".

[A fábula mostra] Que, em tempos de segurança e tranquilidade, não se deve perder de vista os tempos de infortúnios.

| 96

O cavalo velho

Um cavalo velho foi vendido para tocar uma moenda. Atrelado ao moinho, ele disse, gemendo: “Em que pista eu vim parar, depois de todas as minhas gloriosas corridas!”.

(A fábula mostra)
Que uma pessoa
não deve se ufanar
demais de seu vigor
físico e da fama,
pois para muitos a
velhice é consumida
em padecimentos.

| 97

O Ciclope

Um homem devoto e, decerto, orgulhoso de seus deveres religiosos, levou por um bom tempo uma vida cômoda em companhia dos filhos, mas depois deparou com uma pobreza extrema. Mortalmente transtornado na alma, pôs-se a blasfemar contra a divindade e, vendo-se impelido ao suicídio, pegou uma espada e saiu em busca de algum local ermo, pois preferia morrer a viver em condições aviltantes. No caminho, encontrou por acaso um fosso bem fundo e, dentro dele, uma quantia de ouro – e não era pouco! – que havia sido armazenada por um homem gigantesco, chamado Ciclope. Ao avistar o ouro, o homem retomou sua devoção e, cheio de medo misturado com alegria, jogou fora a espada, retirou o ouro de lá e retornou feliz para casa e para os filhos. Mais tarde, o Ciclope foi até o fosso e não encontrou o ouro, mas viu deixada no lugar dele a espada. Imediatamente tirou-a da bainha e deu cabo da própria vida.

Essa fábula mostra que as desgraças ocorrem, inevitavelmente, para os homens sinistros, mas para os bons e devotos são reservados os bens.

98
A cigarra e as formigas

Era inverno e as formigas estavam secando o trigo encharcado, quando uma cigarra faminta lhes pediu alimento. As formigas lhe disseram: "Por que, no verão, você também não recolheu alimento?". E ela: "Mas eu não fiquei à toa! Ao contrário, eu cantava canções melodiosas!". Elas tornaram, a rir: "Mas se você flauteava no verão, dance no inverno!".

A fábula mostra que não devemos descuidar de nenhuma tarefa, para não padecer aflições nem correr riscos.

| 99

A cigarra e a raposa

Uma cigarra estava cantando no alto de uma árvore, quando uma raposa, ávida por comê-la, arquitetou o seguinte: parada diante da cigarra, ficou admirando sua bela voz e incentivando-a a descer, dizendo que queria ver de que tamanho era o animal que emitia um som tão alto. Suspeitando da armadilha, a cigarra arrancou uma folha e deixou-a cair. A raposa correu para a folha, pensando que fosse a cigarra. Esta, então, lhe disse: "Mas você se enganou, minha cara, se achava que eu iria descer. É que eu fico esperta com vocês, desde o dia em que avistei asas de cigarras nos excrementos de uma raposa".

[A fábula mostra] Que para os homens prudentes as desgraças do próximo são instrutivas.

| 100

O cisne e o dono

Dizem que os cisnes cantam na hora de morrer. Foi então que uma pessoa encontrou casualmente um cisne à venda e comprou-o, pois tinha ouvido dizer que era uma ave muito melodiosa. Certa vez, quando recepcionava convivas, aproximou-se do cisne e pediu-lhe que cantasse enquanto eles bebiam. Nessa ocasião, porém, o cisne ficou em silêncio e só foi entoar seus prantos muito depois, quando percebeu que ia morrer. Ao ouvi-lo, o dono disse: “Mas se não há meio de um cisne cantar a não ser que esteja para morrer, então eu é que fui bobo na hora em que lhe fiz um pedido, em vez de ter matado você”.

Assim, alguns homens fazem por mal o que por bem não querem aceitar.

| 101

O cisne levado em lugar do ganso

Fábula do ganso e do cisne, a qual estimula os jovens a refletir.

Um homem abastado resolveu criar um ganso junto com um cisne, visando a fins diferentes: havia comprado um para cantar e o outro para levar à mesa. Mas já era noite quando o ganso precisava morrer pelos propósitos para os quais estava sendo criado, e o momento não ajudava o dono a distinguir um do outro. O cisne é levado em lugar do ganso, mas com um canto ele revela sua natureza e escapa da morte.

| 102

O citarista

Um citarista inepto estava cantando numa casa de paredes bem revestidas. Como sua voz ecoava, ele julgou que ela era bem melodiosa e concluiu, envaidecido, que precisava exibir-se no teatro. Quando, porém, entrou no palco, cantou muito mal e foi enxotado a pedradas.

Assim, também,
certos oradores,
que nas escolas
se acham os tais,
descobrem que não
têm nenhum mérito
quando enfrentam
a vida pública.

| 103

A cobra e o caranguejo

Uma cobra e um caranguejo habitavam o mesmo lugar. Mas, enquanto ele se relacionava com a cobra de modo franco e bondoso, ela era sempre tortuosa e perversa. O caranguejo vivia incentivando a cobra a imitar seu comportamento e tratá-lo com retidão, mas ela não se deixava persuadir. Por isso, o caranguejo perdeu a paciência e, ao espreitá-la a dormir, deu um bote no pescoço e matou-a. E disse, ao vê-la estirada: "Não é agora depois de morta, minha cara, que você deve ficar reta, mas sim quando eu a incentivava e você não dava atenção!".

Esta fábula pode ser dita, com razão, a propósito daqueles homens que em vida são perversos para com amigos, mas, depois de mortos, prestam benefícios a eles.

| 104
A cobra, a doninha e os ratos

Uma cobra e uma doninha estavam numa casa brigando. E os ratos de lá, que eram sempre devorados pelas duas, quando as viram brigando saíram para passear. Mas, assim que elas viram os ratos, suspenderam a briga e foram atrás deles.

Assim, também, no que concerne às cidades, aqueles que se intrometem nas querelas dos demagogos não percebem que se tornam um incômodo para os dois lados.

| 105

A cobra pisoteada e Zeus

Uma cobra foi perguntar a Zeus por que ela era pisoteada por inúmeras pessoas. Zeus, então, lhe disse: "Mas, se você tivesse picado o primeiro homem que lhe deu um pisão, o segundo não teria se atrevido a fazer o mesmo".

A fábula mostra que aqueles que enfrentam os primeiros agressores tornam-se temíveis para os demais.

| 106

A corça à beira do riacho

Premida pela sede, uma corça foi a uma fonte. Depois que bebeu, fitou sua própria sombra na superfície da água e, vendo que seus cornos eram de bom tamanho e de feitio variado, envaideceu-se deles, mas chateou-se muito com suas pernas, por serem finas e frágeis. E ainda estava pensando nisso, quando, de repente, surgiu um leão, que começou a persegui-la. Ela tratou de fugir em disparada e, enquanto a planície era um descampado, foi tomando a dianteira. Mas quando parou num matagal aconteceu o seguinte: seus cornos se enroscaram nos galhos e ela, sem poder correr, foi agarrada pelo leão. Prestes a morrer, disse para si: “Pobre de mim! Aquelas que eu pensava que fossem me trair me salvaram, enquanto esses em quem eu tinha plena confiança puseram-me a perder!”.

Assim, é frequente que, nos perigos, os amigos suspeitos se tornem salvadores e os que mereciam plena confiança, traidores.

Aquelas que eu pensava
que fossem me trair
me salvaram
Suas pernas
finas

| 107
A corça e a videira

Uma corça estava sendo perseguida por caçadores e foi se esconder embaixo de uma videira. Ao notar que eles tinham passado reto e já estavam um pouco mais adiante, a corça retrocedeu e começou a comer das folhas da videira. Mas um dos caçadores se voltou e, ao avistá-la, atirou o dardo contra ela, abatendo-a. Prestes a morrer, a corça disse entre gemidos: "Benfeito para mim, pois eu não deveria ter maltratado a videira, minha protetora!".

A fábula poderia ser dita para aqueles homens que, por maltratarem seus benfeitores, são castigados pelos deuses.

| 108

A corça e o leão na caverna

Enquanto fugia de caçadores, uma corça foi parar numa caverna onde estava um leão, e lá entrou para esconder-se. Tendo sido agarrada por ele, disse, prestes a perecer: “Que azarada sou eu, que, para fugir de homens, coloquei-me nas mãos de uma fera”.

Assim, alguns homens, por medo de perigos menores, lançam-se em males maiores.

| 109

A corça zarolha

Uma corça zarolha foi parar numa praia e ali ficou pastando, com o olho bom voltado para a terra, atenta ao ataque dos caçadores, e com o estropiado voltado para o mar, do qual ela não suspeitava nenhuma ameaça. Mas certas pessoas que navegavam por ali, assim que a viram, lançaram dardos contra ela. E a corça, expirando, disse para si: "Que desditosa sou eu, que me resguardava da terra como traiçoeira, mas encontrei muito mais nocividade no mar, no qual busquei refúgio".

Assim, muitas vezes, ao contrário de nossa suposição, as situações que parecem difíceis se revelam vantajosas, e as consideradas favoráveis, perigosas.

| 110

O corvo doente

Um corvo doente pediu à mãe: "Mãe, não fique se lamentando, reze aos deuses!". E ela respondeu: "Filho, que deus terá piedade de você? De qual deles você não roubou carne?".

A fábula mostra que os que têm, na vida, inúmeros inimigos numa urgência não encontrarão nenhum amigo.

| III

O corvo e a cobra

Ao avistar uma cobra dormindo num lugar ensolarado, um corvo faminto desceu voando e arrebatou-a, mas ela se voltou e lhe deu uma picada. Então ele disse, prestes a morrer: "Pobre de mim! Encontrei esse achado e, por causa dele, estou perdendo a vida!".

Esta fábula poderia ser contada a propósito de um homem que, para achar um tesouro, pôs em perigo a própria vida.

| 112

O corvo e a raposa

Um corvo surripiou um pedaço de carne e foi pousar numa árvore, mas uma raposa o avistou e quis tomar-lhe a carne. Parou, então, diante da árvore e se pôs a fazer elogios à sua beleza e ao seu porte vistoso, dizendo também que ele era perfeito para ser o rei dos pássaros, e que isso certamente aconteceria se ele tivesse voz. E o corvo, querendo mostrar-lhe que tinha voz também, soltou a carne e ficou grasnando bem alto. A raposa, então, agarrou correndo a carne e disse-lhe: “Ei, corvo, se você também tivesse inteligência, nada lhe faltaria para ser rei de todos nós”.

Para homem tolo a fábula é oportuna.

| 113

O corvo e Hermes

[A fábula mostra] Que os que foram ingratos com os benfeitores, quando caírem em dificuldades, não terão protetores.

Um corvo, preso numa armadilha, suplicou proteção a Apolo, prometendo queimar incenso em sua honra. Mas, quando se viu livre do perigo, esqueceu a promessa. Todavia, ao ser novamente apanhado em outra armadilha, deixou de lado Apolo e prometeu sacrifícios a Hermes. Este, então, lhe disse: "Calhorda! Como vou acreditar em você, que renegou e lesou seu primeiro senhor?".

| 114

O corvo e o cisne

Fábula do corvo, a qual exorta a subordinar-se à natureza.

Um corvo viu um cisne e sentiu inveja de sua cor. Supondo que ele era daquela cor devido às águas em que se banhava, abandonou os altares onde encontrava alimento e passou a viver em lagos e rios. Com o banho, o corvo não mudou de cor, mas, privando-se de alimento, acabou morrendo.

O regime de vida não sabe mudar a natureza.

| 115
A cotovia

Uma cotovia, apanhada numa armadilha, dizia lamuriosa: "Ai de mim, sou um pássaro infeliz e digno de pena! Não tirei de ninguém nem ouro, nem prata, nem outra riqueza qualquer. Mas foi uma migalha de pão, pequenina, que me trouxe a morte".

A fábula [é oportuna] para os que enfrentam grande perigo por causa de um ganho mesquinho.

| 116

O criador de abelhas

Uma pessoa entrou na casa de um criador de abelhas, enquanto ele estava ausente, e furtou o mel e os favos. Quando ele voltou e viu as colmeias vazias, deteve-se para examiná-las. Nisso, as abelhas, ao retornarem da coleta, surpreenderam-no ali e dispensaram-lhe um tratamento horrendo, a golpes de ferrão. Então ele lhes disse: “Ô, bichos atrozes! Deixaram impune o ladrão de seus favos mas dão ferroadas em mim, que cuido de vocês!”.

Assim, certos homens que, por inadvertência, não se previnem contra os inimigos rechaçam os amigos, tomando-os por conspiradores.

ID

| 117

Diógenes e o careca

Diógenes, o filósofo cínico, ao ser ofendido por um careca, revidou-lhe: "Eu não estou ofendendo você! Longe de mim tal coisa! Só estou louvando seus cabelos, que abandonaram uma cabeça miserável!".

| 118

Diógenes viandante

Diógenes, o filósofo cínico, seguia por uma estrada, quando chegou à margem de um rio caudaloso e ali parou, sem saber o que fazer. Mas um homem que estava acostumado a atravessar a vau notou seu embaraço, aproximou-se e, com amabilidade, carregou-o para a outra margem. E lá ele ficou parado, condenando sua própria indigência, que o impedia de recompensar o benefício recebido. Estava ele ainda pensando nisso, quando o homem, ao ver outro viandante impossibilitado de atravessar o rio, veio correndo e levou-o para o outro lado. Diógenes, então, chegou perto dele e disse: “Eu já não lhe tenho mais gratidão pelo que ocorreu, pois estou vendo que você faz isso não por opção, mas por mania”.

A fábula mostra que os que beneficiam tanto os imprestáveis como as pessoas decentes merecem o rótulo de insensatos, e não de prestativos.

| 119

O doente e o médico

Quando o médico perguntou ao doente como havia passado, ele respondeu que tinha suado mais que o normal. O médico disse: "Bom sinal!". Mas quando, numa segunda oportunidade, o médico indagou-lhe como estava, ele respondeu que fora acometido de arrepios, seguidos de tremedeira. "Bom sinal também!", disse o médico. E quando ele, na terceira visita, lhe fez perguntas a respeito da doença, o doente falou que estava sofrendo de diarreia. "Isso também é bom sinal!", disse o médico, e foi embora. Então, a um parente que veio visitá-lo e lhe perguntou como estava, ele respondeu: "Eu, se quer mesmo saber, estou morrendo sob o efeito de bons sinais!".

Assim, muitos homens são considerados venturosos pelos vizinhos, que se baseiam numa avaliação puramente exterior de coisas que eles próprios têm a maior dificuldade de suportar.

| 120

A doninha e a lima

Uma doninha entrou na oficina de um ferreiro e se pôs a lamber uma lima que havia por lá. Aconteceu que sua língua foi se esfolando e dela passou a brotar muito sangue. A doninha, porém, se alegrou, presumindo que estivesse extraindo alguma coisa do ferro, até que, por fim, ficou sem língua.

A fábula é para aqueles que se prejudicam mutuamente em rixas.

| 121

A doninha e Afrodite

Uma doninha se apaixonou por um rapazinho muito formoso e foi pedir a Afrodite que a transformasse em mulher. Comovida com seu sofrimento, a deusa transformou-a em bela moça. E, de fato, o rapazinho, tão logo a avistou, foi tomado de paixão e a levou para casa como sua amante. Estavam os dois em repouso no leito nupcial, quando Afrodite, desejando saber se, tendo modificado o corpo da doninha, tinha alterado também seu caráter, lançou um rato no meio do quarto. E ela, esquecida de sua atual condição, ergueu-se do leito e começou a perseguir o rato, na ânsia de devorá-lo. Então a deusa perdeu a paciência e fê-la voltar à sua antiga natureza.

Assim, também, os homens perversos por natureza, ainda que sua constituição física se altere, não mudam de caráter.

| 122

Os escaravelhos

Numa ilhota, pastava um touro, de cujo esterco se alimentavam dois escaravelhos. Quando chegou o inverno, um deles disse ao outro que pretendia voar para o continente e lá passar o inverno; assim, o amigo ficaria sozinho e teria comida suficiente. Também disse que, se encontrasse um pasto fértil, viria trazer-lhe algumas porções. Então ele foi para o continente e lá foi ficando, alimentando-se da fartura de esterco fresquinho. Passado o inverno, voou de volta à ilha e o outro, ao vê-lo muito forte e robusto, recriminou-o por não lhe ter trazido nada, apesar das promessas. Ele respondeu: “Não censure a mim, mas à natureza do lugar, pois de lá era possível retirar comida, mas não era possível levar nada”.

Esta fábula poderia casar bem com aqueles que cultivam as amizades até serem convidados para um banquete, mas, depois disso, não têm nenhuma valia para os amigos.

| 123

A escrava feia e Afrodite

Um patrão era amante de uma escrava feia e malandra. Com as moedas de ouro que ganhava, ela se enfeitava de maneira magnífica e tentava competir com a patroa. E a todo momento oferecia sacrifícios a Afrodite, suplicando-lhe que fizesse dela uma mulher sedutora. Mas a deusa lhe apareceu em sonho e disse que não tinha gosto em torná-la bela. "Ao contrário", continuou, "estou chateada e muito zangada com aquele homem que acha você bonita!"

(A fábula mostra)
Que as pessoas que ficam ricas por meios ilícitos não devem ufanar-se, visto que, no que respeita à vergonha, elas são disformes e vis.

| 124

Esopo no estaleiro

Como não tivesse nada para fazer, o fabulista Esopo foi até um estaleiro. Os construtores de navios puseram-se a caçoar dele e a provocá-lo para um desafio. Então Esopo disse que, antigamente, havia caos e água e que Zeus, desejando pôr à mostra a porção de terra, sugeriu que ela tragasse o mar três vezes. Ela começou e, na primeira tragada, fez aparecer as montanhas; na segunda, pôs a descoberto também as planícies. "E, se ela resolver dar a terceira tragada de água, a profissão de vocês não terá mais serventia."

A fábula mostra que aqueles que tentam fazer troça dos melhores, sem perceber granjeiam para si mesmos, da parte deles, chateações maiores.

| 125

O estômago e os pés

O estômago e os pés estavam discutindo para ver quem era mais forte. Como os pés diziam a todo instante que eram tão superiores em vigor, a ponto de carregar até o próprio estômago, este respondeu: “Mas, meus caros, se eu aqui não lhes fornecer alimento, vocês não vão conseguir me carregar!”.

Assim, também, no que respeita aos exércitos, quase sempre de nada vale um grande contingente, se os generais não têm boas ideias.

| 126

O etíope

Uma pessoa comprou um etíope, achando que ele tinha aquela cor por desleixo do antigo dono. Depois, levou-o para casa e forneceu-lhe todos os tipos de saponáceos, na tentativa de branqueá-lo com banhos variados. Não conseguiu mudar-lhe a cor, mas fez que ele ficasse doente por causa do desgaste.

A fábula mostra que as qualidades naturais permanecem tais quais se manifestam na origem.

| 127

O eunuco e o sacerdote

Um eunuco foi até um sacerdote e pediu-lhe encarecidamente que realizasse um sacrifício em seu favor, para ele gerar filhos. O sacerdote lhe disse: "Quando me concentro no sacrifício, eu peço por você para ter filhos, mas quando olho para a sua cara, nem homem você parece!".

F

| 128

O ferreiro e o cão

Um cão, que matava o tempo na oficina de ferreiros, caía no sono enquanto eles trabalhavam. Mas quando eles se sentavam para comer o cão ficava desperto e ia todo alegre se encostar nos donos. Eles, então, lhe disseram: "Como é que você não acorda com o barulho dos malhos tão pesados, mas imediatamente desperta ao mais leve ruído de nossos molares?".

Esta fábula mostra que também os homens desatentos imediatamente prestam atenção nas coisas de que esperam tirar proveito, mas permanecem completamente apáticos em relação àquelas que não lhes agradam.

| 129

A figueira e a oliveira

Assim que uma figueira perdeu as folhas na estação do inverno, uma oliveira, sua vizinha, começou a recriminar seu desnudamento, dizendo: "Eu, tanto no inverno como no verão, estou sempre adornada com minhas folhas, que são perenes. Mas você tem uma beleza passageira, que só dura um verão". Enquanto ela se gabava, um raio caiu subitamente, por obra divina, e incinerou-a, mas não atingiu nem de raspão a figueira.

Assim, os que se gabam da sorte e da riqueza assumem a responsabilidade por desgraças em excesso.

| 130

A formiga

A formiga de hoje era, antigamente, um ser humano que se dedicava à lavoura, mas que não se contentava com o que produzia e, sempre de olho na produção alheia, vivia surripiando a colheita dos vizinhos. Então, Zeus se irritou com sua ganância e o transformou nesse animal chamado formiga. Mas, mesmo lhe alterando a forma, não mudou seu comportamento, pois até hoje ele percorre as plantações, recolhe a cevada e o trigo dos outros e os armazena para si.

A fábula mostra que os perversos por natureza, ainda que recebam uma excelente punição, não mudam de caráter.

| 131

A formiga e a pomba

Uma formiga sedenta desceu a uma fonte para beber, mas começou a afogar-se. Então, uma pomba, pousada numa árvore ao lado, arrancou um galhinho e lançou-o na água. A formiga subiu nele e salvou-se. Mais tarde, um caçador de passarinhos parou ali e, no desejo de apanhar a pomba, juntou seus caniços com visgo. Então a formiga veio e deu uma mordida no pé do caçador. Ele se desequilibrou, sacudiu os caniços e, como resultado, a pomba fugiu e se salvou.

Também os pequenos gestos podem trazer grandes retornos aos benfeitores.

| 132

A formiga e o escaravelho

Era verão e uma formiga percorria os campos colhendo grãos de trigo e de cevada, que armazenava como provisão para o inverno. Então um escaravelho ficou espantado ao ver que ela se excedia no trabalho, pois se estafava numa época em que os outros animais se desobrigavam de tarefas e ficavam na boa vida. Ela, nesse momento, nem se abalou. No entanto mais tarde, quando chegou o inverno e o esterco foi se desmanchando com a chuva, o escaravelho, faminto, foi atrás dela esmolar comida. Ela, então, lhe disse: “Mas se você, escaravelho, tivesse trabalhado naquela época, quando eu me estafava e você me criticava, agora não teria precisão de comida!”.

Assim, aqueles que em tempo de fartura não se preocupam com o futuro padecem graves sofrimentos quando a situação muda.

G

| 133

O gaio e a raposa

Um gaio faminto pousou numa figueira. Como encontrasse ainda verdes os figos temporões, ficou lá esperando até que eles ficassem maduros. Então uma raposa viu que o gaio se eternizava ali e, ao saber do motivo, disse: “Mas você se engana, meu caro, entregando-se a uma esperança que sabe ludibriar, mas alimentar, jamais”.

Para homem mentiroso, a fábula é oportuna.

| 134

O gaio e as pombas

Ao ver pombas bem tratadas num pombal, um gaio se branqueou e foi participar do modo de viver delas. E, enquanto ficava em silêncio, as pombas o aceitavam, crentes de que ele era uma delas. Mas no exato momento em que o gaio se distraiu e soltou um grito, elas o enxotaram, pois estranharam a voz. E ele, sem ter conseguido alimentar-se, voltou novamente para junto dos gaios. Mas eles não o reconheceram por causa de sua cor e o barraram como companheiro de refeição. Desse modo, o gaio, que tinha dois interesses, não alcançou nenhum.

Pois é. Portanto, é preciso que também nós nos contentemos com nossas posses, considerando que a ambição, além de não servir para nada, muitas vezes também dissipa nossos bens.

| 135
O gaio e os corvos

Um gaio que se distinguia dos demais pelo tamanho menosprezou os de sua raça e foi ter com os corvos, julgando que o certo era conviver com eles. Mas eles estranharam seu aspecto e sua voz e o enxotaram a bicadas. E ele, rejeitado, voltou para os gaios. Estes, porém, indignados com aquela insolência, não lhe deram acolhida. Assim, aconteceu que o gaio acabou excluído das duas comunidades.

Assim, também, os homens que abandonam a pátria para dar preferência a terras estrangeiras aí não gozam de estima, por serem estrangeiros, e são repudiados pelos compatriotas, por tê-los menosprezado.

| 136

O gaio e os pássaros

Zeus, pretendendo instituir o rei dos pássaros, marcou uma data em que eles deveriam se apresentar como canditados. Então, um gaio, consciente de que não tinha chance devido à sua feiura, aproximou-se, recolheu as penas que caíam de outros pássaros e prendeu-as ao redor de seu corpo. Quando chegou o dia marcado, o gaio, multicolorido, foi também até Zeus. Mas na hora em que Zeus estava prestes a levantar a mão para designar rei o gaio por conta de seu esplêndido visual, os pássaros indignados o rodearam e cada um arrancou dele a pena que lhe pertencia. Então, aconteceu que ele, depenado, voltou a ser gaio.

Assim, também, os homens devedores, enquanto estão com a riqueza alheia, acham que são os tais, mas quando a devolvem mostram ser exatamente o que eram desde o início.

Mas na hora em que Zeus
estava prestes a levantar a mão
para designar rei o gaio por
conta de seu esplêndido visual,...

| 137

O gaio fugido

Uma pessoa apanhou um gaio e, depois de amarrar os pés dele com um cordão de linho, entregou-o ao filho. O gaio, porém, não suportava o modo de vida dos homens e, assim que teve um pouco de liberdade, fugiu de volta para o ninho. Mas o cordão se enroscou nos galhos e ele, sem conseguir voar, disse para si, ao morrer: “Pobre de mim! Por não aceitar a escravidão junto dos homens, privei-me, sem perceber, também da vida”.

A fábula cairia bem para aqueles homens que, no desejo de se defender de perigos banais, caíram, sem se dar conta, em desgraças muito maiores.

| 138

A gaivota e o milhafre

Uma gaivota tentou engolir um peixe, mas sua garganta se rompeu e ela acabou jazendo morta numa praia. Então um milhafre a avistou e disse: "Benfeito para você, que nasceu alada, mas tentava levar a vida no mar!".

Assim, aqueles que abandonam os costumes domésticos e se lançam a negócios que não lhes dizem respeito sofrem com razão.

| 139

A galinha e a andorinha

Uma galinha encontrou ovos de serpente e, depois de chocá-los com cuidado, eles se abriram. Uma andorinha, ao avistá-la, disse: “Sua tola, para que criar esses animais que, depois de crescidos, vão praticar o mal, começando primeiramente por você?”.

Assim, a perversidade é indomável, ainda que receba muitíssimos benefícios.

| 140

Os galos e a perdiz

Ao encontrar à venda uma perdiz domesticada, um homem que já tinha galos comprou-a e levou-a para casa, para criá-la junto com eles. Mas os galos davam bicadas e perseguiam a perdiz. Ela se sentia oprimida, achando que era rejeitada por ser de outra espécie. Passado algum tempo, ela notou que os galos se engalfinhavam e não se largavam antes de um deixar o outro coberto de sangue. Então ela disse para si: "Mas eu é que não mais me importo em levar bicadas, pois vejo que eles não respeitam nem a si mesmos".

A fábula mostra que os prudentes suportam facilmente os excessos dos vizinhos, quando veem que eles não respeitam nem os próprios familiares.

FINDO O PERÍODO
DE CHOCO, FÊ-LOS
ABRIR

| 141

Os galos e a águia

Dois galos brigavam por causa de galinhas, quando um pôs o outro para correr. Então, o vencido se afastou para um canto sombrio e lá ficou escondido. O vencedor, porém, voou alto e, pousado sobre um muro alto, deu um grito bem forte. Imediatamente desceu uma águia voando e o agarrou. E o galo que se escondera no escuro desde então se pôs a cobrir suas galinhas tranquilamente.

A fábula mostra que o Senhor se opõe aos soberbos e favorece os humildes.

| 142

A gansa dos ovos de ouro

Por receber de um homem reverências em excesso, Hermes o gratificou com uma gansa que botava ovos de ouro. Mas o homem não teve paciência para aguardar o lucro parcelado e, supondo que a gansa fosse por dentro toda de ouro, matou-a sem nenhuma hesitação. Resultou que ele não apenas teve frustradas suas expectativas como também ficou sem os ovos, pois descobriu que as estranhas da gansa eram de carne.

Assim, muitas vezes, os ambiciosos, por desejarem mais bens, deixam escapar até o que têm em mãos.

| 143

Os gansos e os grous

Gansos e grous viviam num mesmo prado. Quando vieram os caçadores, os grous, que eram leves, alçaram voo, mas os gansos permaneceram onde estavam devido ao peso do corpo e foram agarrados.

Assim, também, os homens pobres, que não têm peso para carregar, quando ocorrem levantes numa cidade mudam facilmente para outra, mas os ricos muitas vezes permanecem onde estão, por causa do excesso de bens, e perecem.

| 144

O gato e o galo

Um gato apanhou um galo e decidiu devorá-lo sob um pretexto bem plausível. E começou a fazer-lhe acusações, dizendo que ele era um estorvo para os homens, pois cantava à noite e não os deixava pegar no sono. O galo se defendeu dizendo que agia assim para o bem deles, despertando-os para cuidarem dos afazeres rotineiros. O gato fez uma segunda acusação: "Mas você também tem natureza ímpia, pois se acasala com sua mãe e suas irmãs". E, como o galo afirmasse que agia assim também em benefício dos patrões, provendo para eles grande quantidade de ovos, o gato, sem jeito, respondeu: "Quer dizer que, se suas defesas forem sempre bem-sucedidas, eu não terei como comer você?".

A fábula mostra que uma natureza perversa, decidida a cometer uma falta, mesmo que não consiga um pretexto plausível, age com perversidade às claras.

| 145

O gato e os ratos

Ao saber que em certa casa havia muitos ratos, um gato foi lá e, agarrando um a um, passou a devorá-los. Então os ratos, sempre ameaçados de morte, se enfiaram em buracos e o gato, sem poder apanhá-los, reconheceu que devia bolar um plano para atraí-los para fora. Por isso, alcançou um gancho e nele se dependurou, fingindo-se de morto. Então um dos ratos pôs a cabeça para fora e, ao avistá-lo, disse: “Ei, você aí, mesmo que se torne um saco, eu não chego perto!”.

A fábula mostra que os homens prudentes, quando têm experiência com pessoas malvadas, não mais se deixam enganar por suas dissimulações.

| 146

O gato médico e as galinhas

Um gato ouviu dizer que, num galinheiro, havia galinhas doentes. Então ele se vestiu de médico, pegou os instrumentos da profissão e foi para lá. Diante do galinheiro, ele se deteve e perguntou como as galinhas estavam passando. E elas responderam: “Estamos passando muito bem, contanto que você se afaste daqui!”.

Assim, também, os homens perversos não deixam de ser notados pelos prudentes, ainda que representem o papel de personagens muito generosas.

Estamos passando muito bem,
contanto que você se afaste daqui.

| 147

O gato que convidou pássaros para um jantar

Um gato fez de conta que ia comemorar seu aniversário e convidou pássaros para um jantar. Em seguida, ficou de lado observando e, quando todos já tinham entrado, fechou a porta. Então começou a devorá-los, um por um.

Quando todos já
ham entrado,

Esta fábula cai bem para aqueles que se entregam a uma alegre expectativa e vivenciam o contrário.

| 148

O golfinho e o macaco

Os navegantes têm o costume de levar cães malteses e macacos para distraí-los na viagem. Assim, uma pessoa que saía para navegar, trouxe consigo um macaco. Mas, quando chegaram perto do Súnion, o promontório da Ática, desabou uma violenta tempestade. O navio naufragou e, como todos se puseram a nadar, o macaco também mergulhou. Então um golfinho o avistou e, julgando que ele fosse um homem, colocou-se sob ele e, após emergir, carregou-o pelo mar. Quando estavam próximos do Pireu, o porto dos atenienses, o golfinho perguntou ao macaco se ele era ateniense de origem. O macaco respondeu que sim, e que era de família ilustre. Depois o golfinho perguntou-lhe se também conhecia o Pireu. E o macaco, achando que ele estava se referindo a um homem, respondeu que sim, e disse que o Pireu era seu amigo íntimo. Então o golfinho, indignado com esse disparate, deu um mergulho e o afogou.

A fábula é oportuna para homens mentirosos.

| 149

Os golfinhos e o gobião

Golfinhos e baleias estavam engalfinhados numa rixa que se mantinha violenta por muito tempo, quando veio à tona um gobião e tentou apaziguá-los. Então, um dos golfinhos lhe disse: “Mas para nós é mais tolerável nos destruirmos mutuamente numa luta do que ter você como mediador”.

Assim, certos homens insignificantes, toda vez que pegam um tumulto, acham que são importantes.

| 150

A gralha e o cântaro

Uma gralha sedenta pousou sobre um cântaro e tentou entorná-lo à força, mas não conseguiu tombá-lo, porque ele estava apoiado com muita firmeza. A gralha, porém, acabou conseguindo o que queria por meio de um artifício: jogou dentro do cântaro uma quantidade de seixos que fez a água que estava no fundo vir à tona e transbordar. E foi assim que a gralha aplacou a sede.

Assim, portanto,
a inteligência
burla a força.

| 151

A gralha e o cão

Uma gralha estava oferecendo um sacrifício à deusa Atena e convidou um cão para o banquete. Ele, então, lhe disse: "Por que você desperdiça sacrifícios? A deusa tem tanto ódio de você que até retirou a credibilidade de seus augúrios!". E a gralha respondeu: "Mas é justamente por isso que estou oferecendo um sacrifício, para que ela mude seus sentimentos a meu respeito, porque sei que ela não gosta de mim".

Assim, muitos, por medo, não vacilam em beneficiar os inimigos.

| 152

A gralha e o corvo

Uma gralha sentia inveja de um corvo porque ele, por meio de augúrios, fornecia presságios aos humanos e anunciava o futuro, e, por isso, eles o tomavam como testemunha. Então a gralha, no desejo de alcançar os mesmos privilégios, assim que avistou alguns viandantes se aproximando, plantou-se numa árvore e lá ficou grasnando bem alto. Impressionados com aquela voz, os viandantes se voltaram para ela, mas um deles tomou a palavra e disse: "Ora, amigos, vamos embora! É só uma gralha! E seus gritos não fornecem presságios!".

Assim, também, os homens que competem com os mais fortes, além de não se igualarem a eles, ainda se expõem a chacota.

| 153
A Guerra e o Ultraje

Tendo sido sorteada uma esposa para cada um dos deuses, todos eles acabaram se casando. E para o Ultraje, o último contemplado, só sobrou a Guerra. Mas ele se apaixonou por ela e a desposou. É por isso que ele a acompanha aonde quer que ela vá.

[A fábula mostra] Que lá onde avança o Ultraje, seja numa cidade, seja entre povos, a Guerra e os Combates imediatamente o seguem.

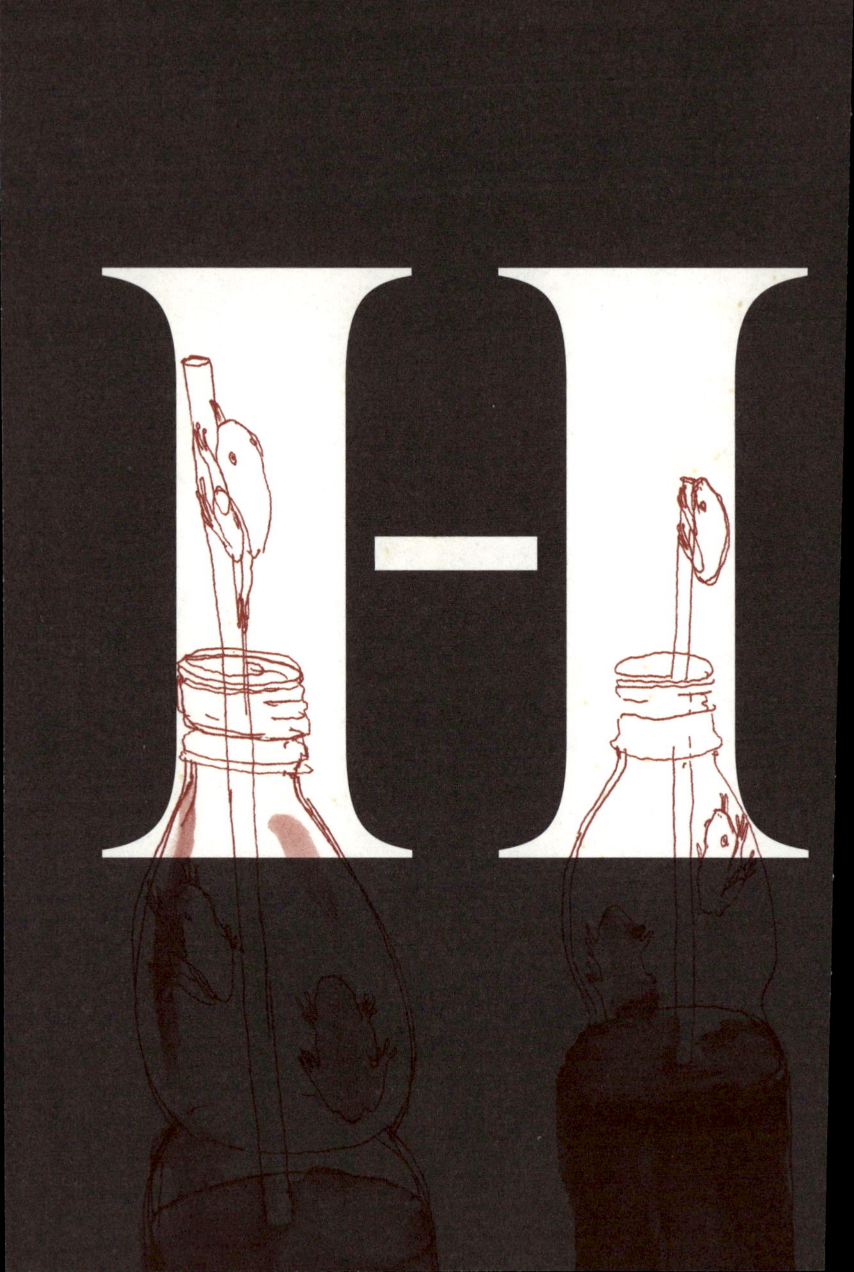

| 154

Héracles e Atena

Héracles seguia por um caminho estreito, quando viu no chão uma coisa parecida com maçã e tentou espatifá-la. Ao ver, no entanto, que ela dobrara de tamanho, começou a pisoteá-la mais ainda e a bater nela com a clava. Mas a coisa se estufou e, volumosa, bloqueou o caminho. Então, Héracles largou a clava e ficou parado, tomado de assombro. Nisso, a deusa Atena apareceu e disse: "Continue parado, meu irmão! Essa coisa aí é a discórdia e o amor da vitória. Se a deixarem em paz, ela permanece do jeito que era no início, mas, em meio a lutas, se avoluma assim".

[A fábula mostra] Que está claro para todos que os combates e as discórdias são causas de grande dano.

| 155

Héracles e Pluto

Depois que se tornou uma divindade, Héracles foi acolhido à mesa junto de Zeus e lá foi saudando os deuses, um por um, com muita cordialidade. Mas de Pluto, que chegou por último, ele se esquivou, abaixando a cabeça. Zeus estranhou o fato e perguntou-lhe por que razão havia cumprimentado, com prazer, todos os deuses, mas olhara de soslaio para o deus da riqueza. Então ele disse: "Eu olho assim para ele porque, no tempo em que eu estava entre os homens, eu o via a maior parte das vezes frequentando os perversos".

A fábula poderia ser contada a propósito de um homem abastado de sorte, mas perverso de caráter.

| 156

Hermes e a Terra

Quando Zeus plasmou o homem e a mulher, ordenou a Hermes que os conduzisse à Terra e lhes indicasse onde deveriam cavar para fazer uma toca. Hermes cumpriu a determinação, mas a Terra, no começo, criou resistência. E, como Hermes a intimidasse, dizendo que era determinação de Zeus, ela disse: "Mas eles que escavem quanto quiserem, pois vão me pagar com gemidos e lágrimas".

Para aqueles que têm facilidade para tomar emprestado mas têm dificuldade para devolver, a fábula é oportuna.

| 157

Hermes e o escultor

Pretendendo saber o quanto era honrado entre os homens, Hermes assumiu a forma humana e foi à oficina de um escultor. Ao ver a estátua de Zeus, perguntou: “Quanto custa?”. O escultor respondeu que custava uma dracma. Hermes riu e perguntou: “E a estátua de Hera, quanto é?”. Ele disse que custava muito mais. Então, Hermes viu também sua própria estátua e presumiu que os homens o tivessem em alta conta, por ser ele o deus mensageiro e, também, propiciador de lucros. Por isso, fez mais esta pergunta: “E a de Hermes, quanto custa?”. O estatuário respondeu: “Se você comprar aquelas duas, esta eu lhe darei de brinde”.

Para homem presunçoso que não goza de nenhum prestígio junto dos demais, a fábula cai bem.

| 158

Hermes e os artesãos

Zeus determinou a Hermes que despejasse o veneno da mentira em todos os artesãos. Ele, então, após triturar o veneno, preparou uma medida igual para cada um e passou a despejá-lo. Mas, como só faltava o sapateiro e havia veneno de sobra, Hermes pegou toda a poção e despejou nele. O resultado disso é que todos os artesãos contam mentiras, mas os sapateiros superam todos eles.

Para homem mentiroso a fábula é oportuna.

| 159

Hermes e Tirésias

Desejando testar se a arte divinatória do cego Tirésias era verdadeira, Hermes roubou do campo seus bois, foi até a cidade e, após assumir a forma humana, se instalou como hóspede na casa dele. Ao receber a notícia do desaparecimento de sua parelha, Tirésias chamou Hermes e foi com o deus à periferia, para observar algum presságio a respeito do roubo, e em seguida pediu-lhe que, caso avistasse algum pássaro, lhe contasse qual era. Hermes viu, primeiro, uma águia voando da esquerda para a direita e comunicou o fato a Tirésias, mas este disse que aquilo não tinha nada a ver com eles. Numa segunda vez, Hermes notificou Tirésias de que tinha visto, pousada numa árvore, uma gralha que ora olhava para cima, ora abaixava a cabeça para o chão. Foi então que ele respondeu: "Mas esta gralha está justamente jurando pelo Céu e pela Terra que, se você quiser, eu vou recuperar meus bois!".

Desta fábula uma pessoa poderia servir-se em relação a um homem ladrão.

| 160

O herói

Um homem tinha em casa um herói, a quem oferecia dispendiosos sacrifícios. E, visto ele estar sempre gastando e desembolsando grandes somas em oferendas, o herói lhe apareceu à noite e disse: “Mas, meu caro, pare de consumir seus bens! Pois, se você gastar tudo e ficar pobre, é a mim que irá culpar!”.

Assim, muitos que sofrem por causa da própria irreflexão atribuem a culpa aos deuses.

| 161

A hiena e a raposa

Dizem que as hienas de ano em ano trocam de sexo: se são machos num ano, no outro viram fêmeas. Assim, uma hiena viu uma raposa e começou a censurá-la, pois queria ser sua amiga, mas ela não aceitava. Então a raposa retrucou, dizendo: “Censure não a mim, mas à sua própria natureza, que não me deixa saber se você vai ser meu amigo ou minha amiga!”.

Para homem ambíguo.

| 162

As hienas

Dizem que as hienas de ano em ano trocam de sexo, sendo machos num ano e fêmeas no outro. Certa vez, uma hiena macho se comportou, com uma hiena fêmea, de modo contrário à natureza. Então ela, tomando a palavra, disse: “Mas faça isso mesmo, meu caro, pois logo mais você vai se sujeitar ao mesmo tratamento!”.

Para magistrados que cobram satisfações de seus subalternos, mas, quando a situação se inverte, recebem deles a cobrança.

| 163

O homem cego

Um cego tinha o hábito de tatear qualquer animal que lhe fosse colocado nas mãos e, depois, dizer de que espécie ele era. Certa vez, quando lhe apresentaram um filhote de lobo, ele o apalpou e, meio indeciso, disse: "É um filhote, mas não sei se é de lobo ou de raposa ou de algum animal desse tipo. De uma coisa, porém, estou bem certo: este animal não é apropriado para acompanhar um rebanho de ovelhas".

Assim, a índole dos perversos muitas vezes se faz notar até no corpo deles.

| 164

O homem contador de lorotas

Um atleta do pentatlo, que era constantemente tachado de fracote pelos cidadãos, certa vez se ausentou da cidade e, depois de algum tempo, retornou, vangloriando-se das muitas proezas que havia praticado em outros lugares. Contava que em Rodes dera um salto tão alto como nenhum vencedor da Olimpíada tinha conseguido dar, e afirmava que podia apresentar, como testemunhas de tal façanha, as pessoas que a presenciaram, quando elas viessem à cidade. Então um dos presentes retrucou-lhe: "Mas, se isso é mesmo verdade, você não precisa de testemunha, meu caro. Faça de conta que Rodes é aqui e dê o salto!".

A fábula mostra que é supérfluo todo discurso a respeito de uma ideia que se pode demonstrar com provas concretas.

| 165

O homem covarde e os corvos

Estava um homem covarde saindo para a guerra, quando corvos começaram a crocitar. Ele, então, colocou as armas no chão e permaneceu quieto. Em seguida, pegou as armas e de novo ia partindo, quando eles tornaram a crocitar. O homem parou e, por fim, disse: “Vocês podem ficar gritando o mais alto que puderem, mas minha carne é que não vão saborear!”.

A fábula diz respeito aos covardes em demasia.

| 166

O homem covarde que achou um leão de ouro

Um avarento covarde achou um leão de ouro e pôs-se a dizer: "Não sei como agir nesta situação. Estou aturdido e não sei o que fazer. Sinto-me dividido entre o amor ao dinheiro e a covardia inata. Quem teria feito um leão de ouro, algum acaso ou alguma divindade? Minha alma se digladia diante desta situação: ela ama o ouro, mas tem medo do artefato feito com o ouro. O desejo me impele a agarrá-lo e meu caráter, a afastar-me dele. Ó acaso que concede e que impede de aceitar! Ó tesouro que não dá prazer! Ó graça divina que se converte em desgraça! O que fazer? Como servir-me dele? A que expediente devo recorrer? Pois bem, vou embora e voltarei aqui trazendo todos os meus servos e, com a colaboração de tanta gente, vou pegá-lo. Só que eu mesmo ficarei assistindo de longe!".

A fábula se aplica a uma pessoa rica que não tem coragem de tocar em seus bens e usufruir deles.

| 167

O homem e a raposa

Um homem tinha raiva de uma raposa porque ela lhe causava danos. Certa vez, ele a dominou e, querendo se vingar de uma vez por todas, pôs fogo num chumaço de estopa umedecido com óleo e amarrou-o na ponta do rabo da raposa. Mas um deus encaminhou-a para a plantação desse homem que a expulsara. Era o tempo propício para a colheita, e ele, por sua vez, foi atrás dela gemendo, porque nada iria colher.

[A fábula mostra] Que é preciso ser indulgente e não se irritar além da medida, pois muitas vezes da cólera nasce o dano para os irascíveis.

| 168

O homem e o leão que seguiam juntos por um caminho

(A fábula mostra) Que muitos homens que em palavras alardeiam coragem e ousadia, a esses a experiência desmascara e denuncia.

Certa vez, um leão caminhava em companhia de um homem. E cada um, por sua vez, ia alardeando suas façanhas. No caminho, porém, havia uma estela de pedra com a representação de um homem esganando um leão. "Está vendo como somos superiores a vocês?", disse o homem ao leão, apontando-a. E o leão, disfarçando um sorriso, retrucou: "Se leões soubessem esculpir, você veria muitos homens sob as patas de leões".

| 169

O homem e o sátiro

Dizem que, certa vez, um homem firmou um pacto de amizade com um sátiro. Quando chegou o inverno e começou a fazer frio, o homem levava as mãos à boca e as bafejava. O sátiro lhe perguntou por que agia daquele modo e ele respondeu que estava aquecendo as mãos, pois estavam geladas. Mais tarde foi-lhes servida a mesa e, como a refeição estivesse muito quente, o homem tomou uma pequena porção e, levando-a à boca, começou a soprá-la. E, quando o sátiro tornou a perguntar por que agia daquele modo, ele disse que estava esfriando a comida, pois estava quente demais. Então o sátiro lhe disse: "Eu abro mão de sua amizade, meu caro, pois dessa mesma boca você expele tanto o frio como o calor!".

Pois é. Portanto, também nós devemos evitar a amizade das pessoas de comportamento ambíguo.

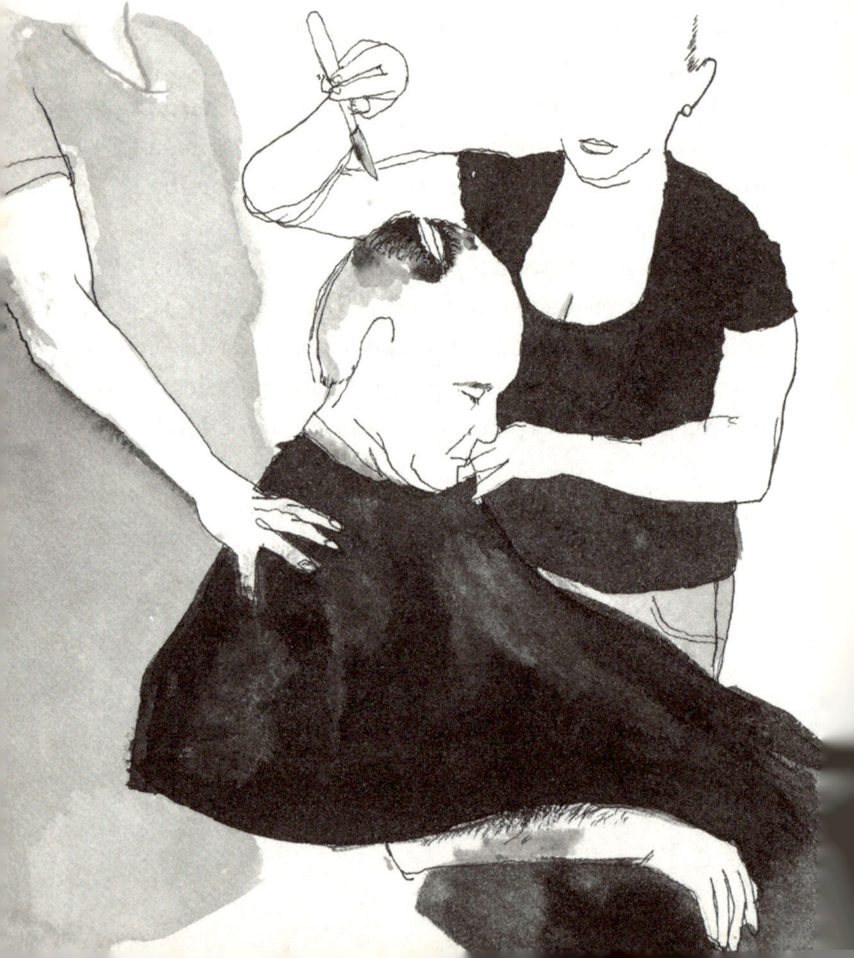

| 170

O homem grisalho e as duas cortesãs

Um homem grisalho tinha duas amantes, uma nova e outra velha. A idosa, envergonhada de manter relações com um homem mais novo, vivia lhe arrancando os cabelos pretos cada vez que ele a visitava. E a mais nova, tentando suavizar o fato de ter um amante mais velho, arrancava os seus fios grisalhos. Assim, aconteceu que, de fio em fio, ele foi depilado pelas duas e ficou careca.

Assim, em qualquer situação o anômalo é prejudicial.

| 171

O homem malvado

Um homem malvado apostou com uma pessoa que iria lhe provar que o oráculo de Delfos era falso. No dia marcado, pegou um pardalzinho, encobriu-o com o manto e foi ao santuário. Em pé, diante do oráculo, perguntou-lhe se o que estava segurando nas mãos era uma coisa viva ou sem vida. Sua intenção era, caso ele dissesse “sem vida”, mostrar o pardalzinho vivo, e, caso dissesse “viva”, apresentá-lo morto, depois de asfixiá-lo. E o deus, ciente de sua intenção velhaca, respondeu: “Pare com isso, meu caro! Só depende de você se o que está trazendo é vivo ou morto!”.

A fábula mostra que a divindade é incontestável.

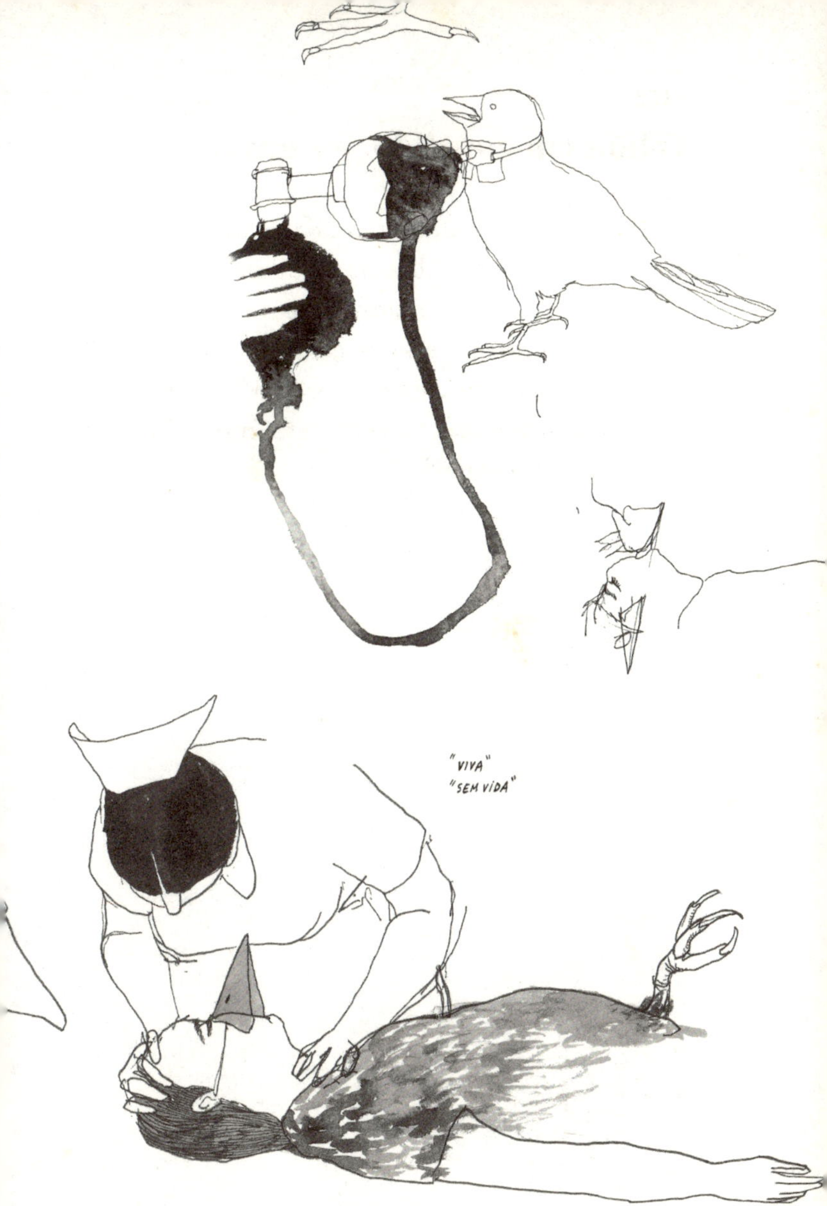
"VIVA"
"SEM VIDA"

| 172

O homem mordido por um cão

Um homem levou uma mordida de um cão e começou a andar de um lado para o outro à procura de alguém que o curasse. Então, uma pessoa lhe disse que ele deveria limpar o sangue com um pedaço de pão e jogá-lo ao cão que o havia mordido. Ele respondeu: “Mas, se eu fizer isso, na certa serei mordido por todos os cães da cidade!”.

Assim, também, a perversidade dos homens, quando estimulada, se assanha mais ainda para praticar danos.

173

O homem mordido por uma formiga e Hermes

Ao avistar certa vez um barco naufragando com passageiros, um homem começou a dizer que os deuses eram injustos, pois, por causa de uma única pessoa ímpia, também inocentes pereciam. E, como estava dizendo isso enquanto se encontrava parado num lugar onde havia muitas formigas, aconteceu que acabou sendo mordido por uma delas. Mas, apesar de ter sido mordido por uma única formiga, pisoteou todas de uma só vez. Então, Hermes se aproximou e, tocando-o com o caduceu, lhe disse: "E depois você não aceita que os deuses exerçam a justiça com o mesmo critério que você usou para as formigas?".

(A fábula mostra) Que, quando acontece uma desgraça, a pessoa não deve blasfemar contra um deus, mas deve, antes, observar os próprios erros.

v de um
va o outro à procura
ím que o curasse.

| 174

O homem que fazia promessas impossíveis

Um homem pobre e doente estava passando mal e, desenganado pelos médicos, rezava aos deuses, prometendo-lhes que imolaria cem bois e consagraria oferendas caso ficasse bom. Então sua esposa, que nesse momento estava junto dele, perguntou: “E como é que você vai pagar essa promessa?”. Ele respondeu: “Pois você acha que eu vou me recuperar, para os deuses, depois, me cobrarem essa dívida?”.

A fábula mostra que certos homens assumem com facilidade compromissos que não planejam cumprir de fato.

| 175

O homem que queria comprar um burro

Um homem pegou para testar um burro que ele ia adquirir. Levou-o, então, para a cocheira e o instalou junto dos burros que já possuía. Mas o burro se apartou dos outros e foi plantar-se ao lado do mais preguiçoso e comilão. E, como ele não fazia nada, o homem o laçou e levou embora, de volta para o dono. Quando este perguntou se ele tinha feito um teste adequado, o outro respondeu: "Mas eu não preciso de teste nenhum! Pois sei que ele é tal e qual o companheiro que, dentre todos, escolheu".

A fábula mostra que uma pessoa é considerada igual aos companheiros com os quais têm afinidades.

| 176

O homem que quebrou uma estátua

Um homem muito pobre tinha um deus de madeira, a quem implorava que lhe concedesse benefícios. E, mesmo agindo assim, na realidade estava vivendo em penúria cada vez maior. Um dia ele se chateou, agarrou o deus pela perna e bateu-o contra a parede. Imediatamente a cabeça rachou e dela jorraram moedas de ouro. Enquanto as recolhia, o homem berrou: "Pelo que vejo, você é um farsante e ingrato. Não me prestava nenhum auxílio enquanto eu o honrava, mas quando bati em você concedeu-me em troca inúmeros bens!".

A fábula mostra que você não conseguirá nenhum benefício concedendo honras a um homem perverso, mas, batendo nele, alcançará maiores vantagens.

| 177

O homem trapaceiro

Um homem pobre e doente, que passava mal, prometeu aos deuses sacrificar cem bois se eles o salvassem. E os deuses, para testá-lo, providenciaram-lhe uma rápida cura. Por fim, ele se levantou e, como não tivesse bois de verdade, moldou em cera cem bois e queimou-os sobre um altar, dizendo: "Aceitem minha promessa, ó divindades!". E os deuses, desejando revidar-lhe a trapaça, enviaram-lhe um sonho que o exortava a ir até a praia, onde lá haveria de encontrar mil dracmas. Exultante, ele foi correndo para lá e caiu nas mãos de piratas, que o levaram embora. Vendido por eles, acabou encontrando as mil dracmas.

A fábula é oportuna para homem mentiroso.

| 178

O homem, a égua e o potro

Um homem seguia montado numa égua que estava prenhe e, durante o percurso, ela pariu um potro. O potro se pôs a caminhar bem atrás da mãe, mas logo sentiu que ia desmaiar e disse para o cavaleiro montado em sua mãe: “Olha, você está vendo que sou muito frágil e não tenho forças para seguir viagem. Mas fique sabendo que, se me abandonar aqui, morrerei na hora; já se você me recolher daqui e me levar para me criar em sua casa, no futuro estarei crescido e deixarei você cavalgar em mim”.

Esta fábula mostra que devemos fazer o bem para aqueles de quem esperamos receber a retribuição.

| 179

Os homens que discutiam a respeito dos deuses

Dois homens discutiam para saber qual dos deuses era superior, Teseu ou Héracles. Mas os deuses, irritados com eles, se vingaram individualmente sobre suas respectivas aldeias.

[A fábula mostra] Que a discórdia dos subordinados instiga os senhores a se irritar contra os súditos.

OLHA, VOCÊ ESTÁ VENDO
QUE SOU MUITO FRÁGIL
E NÃO TENHO FORÇAS PARA
SEGUIR
VIAGEM

| 180

O hortelão e o cão

O cão de um hortelão caiu num poço. E o hortelão decidiu retirá-lo de lá e desceu no poço atrás dele. E o cão, que já estava em apuros, ao ver o hortelão chegando perto dele, presumiu que ia ser empurrado para o fundo da água e, então, lascou-lhe uma mordida. E o hortelão, maltratado, disse: "Mas é bem feito para mim. Por que é que tentei afastar você do perigo, se foi você mesmo que se lançou no abismo?".

Para homem ingrato e que age mal com os benfeitores.

| 181

O hortelão que regava as hortaliças

Uma pessoa parou diante de um hortelão que estava regando hortaliças e lhe perguntou por que motivo os legumes silvestres eram viçosos e firmes, enquanto os domésticos eram mirrados e murchos. Ele respondeu: “Para uns a terra é mãe, mas para outros é madrasta”.

Assim, também, os filhos criados por madrasta não são criados do mesmo modo que aqueles que têm mãe.

I

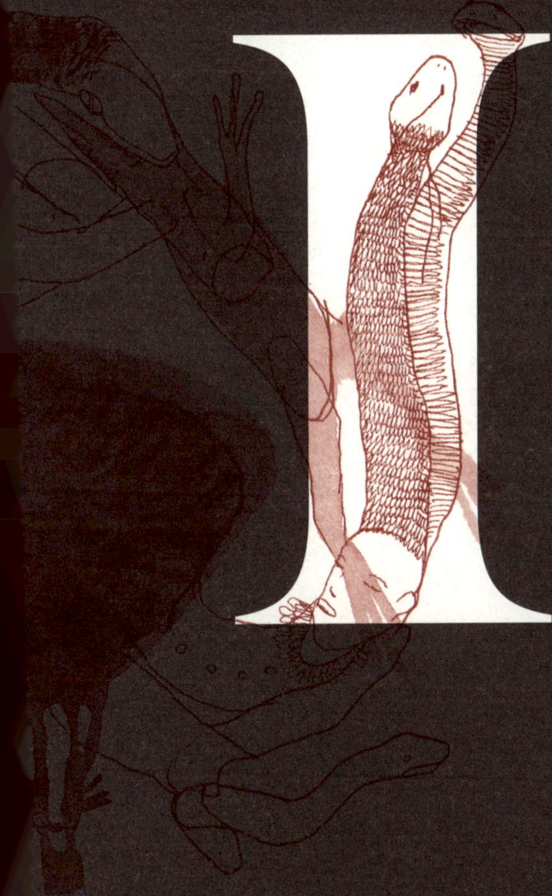

I

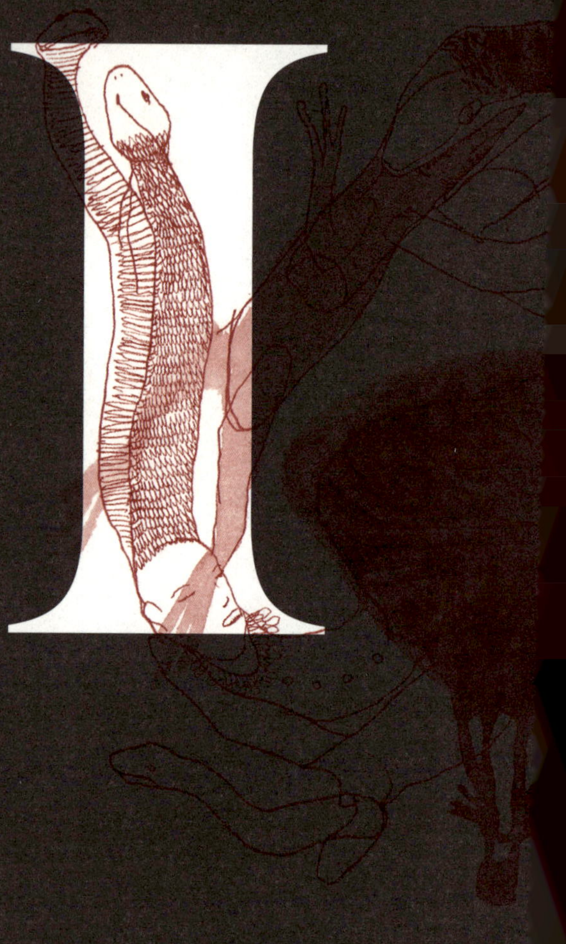

| 182

As idades do homem

Quando Zeus fez o homem, deu a ele uma vida breve. Mas o homem usou seu conhecimento e, quando estava próximo o inverno, fabricou para si uma casa e lá ficou vivendo. E, certa vez, quando fez um frio rigoroso e Zeus fez chover, o cavalo não pôde resistir e foi correndo à casa do homem pedir-lhe abrigo. O homem disse que só o atenderia se ele lhe cedesse uma parte de seus anos de vida. O cavalo, então, cedeu-a de bom grado. Não muito tempo depois, apareceu também o boi, pois nem ele estava podendo suportar a borrasca. Do mesmo modo, o homem disse que o acolheria se ele primeiro lhe entregasse um certo número de seus anos de vida. O boi, então, deu uma parte e foi acolhido. Por último chegou o cão, morrendo de frio, e, tendo partilhado também uma porção de seu tempo de vida, conseguiu abrigo. O resultado disso é que os homens, quando estão no tempo concedido por Zeus, são puros e bons, mas quando vivem os anos do cavalo são fanfarrões e empertigados; quando chegam aos anos do boi, tornam-se dominadores; e quando completam o tempo do cão ficam irascíveis e resmungões.

Uma pessoa poderia usar esta fábula para um velho irascível e intratável.

| 183

Os inimigos

Dois inimigos entraram num mesmo navio para fazer uma viagem. E, como eles desejavam ficar bem longe um do outro, um foi correndo tomar assento na popa, enquanto o outro ficou na proa. Foi então que sobreveio uma tempestade violenta e, como o navio ameaçasse ir a pique, aquele que estava sentado na popa perguntou ao piloto que parte do navio corria o risco de afundar primeiro. Ao ser informado de que era a proa, disse: "Mas, no que me toca, a morte deixa de ser uma coisa tão triste, já que pelo menos verei meu inimigo se afogar antes de mim!".

Assim, alguns homens, movidos por alguma hostilidade contra o próximo, optam por sofrerem eles próprios alguma desgraça, em vista da chance de verem também o outro se desgraçar.

| 184

O Inverno e a Primavera

O Inverno zombou da Primavera e criticou-a, dizendo que, tão logo ela surgia, ninguém mais tinha sossego, pois quem gostava de colher flores e lírios, ou então de fazer girar uma rosa diante dos olhos ou colocá-la nos cabelos, ia para os prados e bosques, enquanto outros, se tinham chance, tomavam um navio e cruzavam o mar, para fazer visitas. Era assim porque ninguém mais se preocupava com ventos nem com enchentes. "Eu, ao contrário", prosseguiu o Inverno, "pareço um comandante ou um senhor autoritário, e faço os homens olhar não para o céu, mas para baixo, para o chão. Provoco neles o medo e o tremor, e há ocasiões em que os obrigo a passar os dias dentro de casa." "Mas é justamente por isso", retrucou a Primavera, "que os homens ficam alegres quando você vai embora. Quanto a mim, eles acham lindo até meu nome, ou melhor, por Zeus, acham que ele é o nome mais lindo! Tanto é que, quando me ausento, eles me conservam na lembrança e, quando apareço, eles se enchem de alegria."

J

| 185

O javali e a raposa

Um javali parou junto de uma árvore e começou a aguçar suas presas. Então, uma raposa lhe perguntou por que motivo estava limando as presas, se não havia a iminência de algum caçador ou de outro perigo qualquer. Ele respondeu: “Mas não é à toa que estou fazendo isso! É que, se algum perigo me surpreender, não terei o trabalho de afiá-las e elas já estarão prontas para o uso”.

A fábula ensina que devemos cuidar com antecedência dos preparativos contra os perigos.

| 186

O javali, o cavalo e o caçador

Um javali e um cavalo viviam num mesmo pasto. E, como o javali a todo momento destruía a relva e turvava a água, o cavalo tomou a decisão de vingar-se e recorreu a um caçador. Este lhe respondeu que não podia socorrê-lo, a não ser que ele aceitasse uma rédea e o levasse na garupa. O cavalo sujeitou-se a tudo. E o caçador, montado sobre ele, deu cabo do javali e, depois, conduziu o cavalo à cocheira, onde o prendeu.

Assim, muitas pessoas, movidas por uma cólera irracional, caem elas mesmas submissas a outrem, por desejarem vingar-se dos inimigos.

| 187

O jovem pródigo e a andorinha

Um jovem pródigo esbanjou seu patrimônio, tendo-lhe sobrado um único manto. E quando viu uma andorinha, que estava chegando fora de época, ele pegou o manto e o vendeu também, presumindo que já era verão e que não mais precisaria dele. Mais tarde, porém, sobreveio o inverno e fez um frio rigoroso. E o jovem, enquanto perambulava, viu a andorinha morta, entanguida, e disse para ela: "Você se ferrou, minha cara, e me ferrou também!".

A fábula mostra que tudo o que é feito fora de época vem a ser movediço.

| 188

O Juramento

Um homem, que recebera de um amigo um depósito em confiança, maquinou um plano para fraudá-lo. E, quando o amigo ia chamá-lo para prestar juramento, ele, precavendo-se, se pôs a caminho do campo. Já nas portas da cidade, viu saindo um homem manco e lhe perguntou quem era e para onde ia. Tendo ele respondido que era o Juramento em pessoa e que ia ao encontro dos ímpios, o depositário lhe perguntou, em seguida, de quanto em quanto tempo ele costumava vir às cidades. "A cada quarenta anos, às vezes trinta", respondeu ele. E o outro, sem hesitar, jurou no dia seguinte que não havia recebido o tal depósito. Mas, depois, ao deparar com o Juramento e ser levado por ele à beira de um abismo, começou a recriminá-lo por ele ter dito que estaria de volta depois de trinta anos, mas na realidade não lhe dera um único dia de sossego. Então, o Juramento lhe respondeu: "Mas esteja bem certo de que, quando alguém está para molestar-me, eu costumo voltar no mesmo dia".

A fábula mostra que a vingança divina chega sem dia marcado.

L

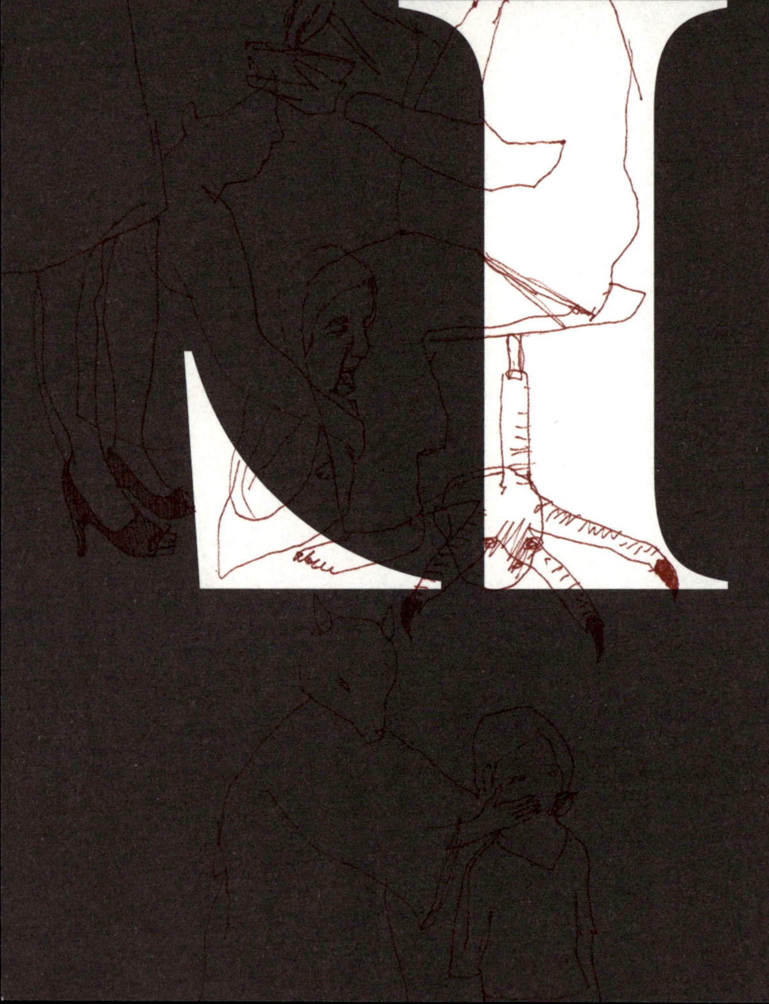

| 189

O ladrão e o albergueiro

Um ladrão alojou-se num albergue e lá ficou por alguns dias planejando fazer um roubo, mas não conseguiu realizar seu propósito. Certo dia, ao ver o albergueiro trajando uma roupa nova e vistosa (era dia de festa!) e sentado diante da porta do albergue sem ninguém por perto, o ladrão sentou-se ao lado dele e começou a conversar. E já haviam conversado um bom tanto quando o ladrão deu um bocejo e, em seguida, começou a uivar feito um lobo. Disse-lhe, então, o albergueiro: "Por que você está uivando assim?". E o ladrão respondeu: "Vou lhe contar agora mesmo. Mas, primeiro, imploro que tome conta de meu manto, que vou deixar aqui. Eu não sei, meu senhor, de onde me vem esse bocejar. Não sei se é devido aos meus erros ou a alguma outra causa. Só sei que, depois que dou três bocejos, eu viro um lobo comedor de gente!". Disse isso e bocejou pela segunda vez e, novamente, começou a uivar, igual à primeira vez. Ao ouvir isso, o albergueiro, que acreditara no ladrão, se apavorou e levantou-se, querendo fugir.

Mas o ladrão o segurou pela túnica e lhe disse, implorando: “Espere, meu senhor, segure meu manto, para que eu não o destrua”. Enquanto implorava, abriu a boca e começou a bocejar pela terceira vez. O albergueiro, apavorado – e se ele o comesse?! –, deixou para trás sua própria roupa, entrou correndo no albergue e se refugiou lá dentro. Então, o ladrão se apoderou da roupa e foi embora.

| 190

Os ladrões e o galo

Ladrões entraram numa casa e nada encontraram além de um galo. Pegaram-no e foram embora. Quando estava para ser imolado, o galo começou a implorar que o soltassem, dizendo que ele era útil para os homens, pois os despertava à noite para os afazeres. De pronto, os ladrões lhe disseram: “Mas é justamente por isso que vamos sacrificar você, pois, ao despertar os homens, você atrapalha nossa gatunagem!”.

A fábula mostra que o que mais incomoda os perversos é justamente o que beneficia as pessoas de bem.

| 191

A lamparina

Uma lamparina encharcada de óleo luzia envaidecida, como se estivesse brilhando mais que o Sol. Porém, quando soprou um golpe de vento, ela imediatamente se apagou. Então lhe disse uma pessoa, ao acendê-la novamente: "Ilumina, lamparina, e bico calado! A luz dos astros nunca se apaga!".

[A fábula mostra] Que, na vida, a pessoa não deve se enfunar com glórias e esplendores, pois tudo quanto adquire não lhe pertence.

| 192

O lavrador e a águia libertada

Um lavrador encontrou uma águia presa numa armadilha, mas se encantou com sua beleza e deixou-a ir em liberdade. A águia, então, não se mostrou ingrata e, quando o viu sentado ao pé de uma parede trincada, voou em sua direção e, com os pés, arrancou a faixa que ele tinha na cabeça. O lavrador se ergueu, começou a persegui-la e ela, então, deixou cair a fita. Ele a recolheu e, ao voltar para o local onde estivera sentado, encontrou a parede desmoronada. Assim, ele ficou admirado com a retribuição da águia.

[A fábula mostra] Que aqueles que recebem um benefício devem retribuí-lo, pois o bem que se faz terá retorno.

| 193

O lavrador e a cobra

Enquanto rastejava, uma cobra matou o filho de um lavrador. Profundamente angustiado com isso, o lavrador pegou um machado, foi para junto da toca da cobra e ficou vigiando a fim de golpeá-la, tão logo ela viesse para fora. Assim que a cobra apontou, ele deu uma machadada, que não acertou a cobra, mas fendeu um bloco de pedra que havia lá. E, depois, ele propôs, por via das dúvidas, que ambos fizessem as pazes. Então ela disse: "Mas nem eu consigo estar de bem com você quando vejo a pedra fendida, nem você comigo quando olha para o túmulo de seu filho".

A fábula mostra que as grandes inimizades não têm fácil reconciliação.

| 194

O lavrador e o Acaso

Um lavrador encontrou ouro na terra que cultivava e começou a oferecer coroas à Terra diariamente, como se ela é que fosse sua benfeitora. Veio, então, o Acaso e lhe disse: "Meu caro, por que você atribui à Terra as minhas dádivas, justo essas que eu lhe concedi por desejar que você ficasse rico? Se os tempos mudarem e esse ouro for gasto em outras necessidades, você não irá recriminar a Terra, e sim o Acaso!".

A fábula nos ensina que precisamos reconhecer o benfeitor e demonstrar-lhe gratidão.

| 195

O lavrador e o arbusto

[A fábula mostra] Que, por natureza, os homens não amam e honram tanto a justiça, como se animam a perseguir o lucro.

Nas terras de um lavrador havia um arbusto que não produzia frutos e só servia de abrigo a pardais e cigarras estridentes. Como não dava frutos, o lavrador ia cortá-lo. E, assim que pegou o machado e desferiu o golpe, as cigarras e os pardais puseram-se a suplicar-lhe que não abatesse o refúgio deles, mas que o deixasse, para que nele cantassem, proporcionando alegrias a você, lavrador! Mas este, sem a menor preocupação, desferiu um segundo golpe, e ainda um terceiro. Ao esburacar o arbusto, encontrou um enxame de abelhas e mel. E, depois de saboreá-lo, jogou fora o machado e honrou a planta como coisa sagrada, passando a cuidar dela.

| 196

O lavrador e o lobo

Um lavrador desatrelou sua junta de bois e levou-a para beber água. Nisso, um lobo faminto, que estava à procura de comida, topou com o arado, começou a lamber o jugo dos bois e, aos poucos, sem se dar conta, acabou enfiando o pescoço nele. Em seguida tentou se desvencilhar, mas não conseguiu, e foi arrastando o arado pela plantação. E o lavrador, quando retornou, disse, ao vê-lo: “Ó, cabeça malvada, quem dera você abandonasse as pilhagens e os danos e pendesse para a lavoura!”.

Assim, os homens perversos, ainda que alardeiem ações utilíssimas, não merecem crédito devido a seu caráter.

| 197

O lavrador e os cães

Um lavrador ficou detido no estábulo por causa de uma tempestade e, sem poder sair para arranjar alimento, comeu primeiro os cordeiros. E, como a tempestade ainda persistisse, num segundo momento devorou também as cabras. E, como não ocorresse nenhuma estiada, numa terceira vez avançou sobre os bois de arado também. Então os cachorros, que observavam os acontecimentos, disseram entre si: "Precisamos dar o fora daqui, pois se o patrão não se absteve nem mesmo dos bois, seus colaboradores, como é que vai nos poupar?".

A fábula ensina que é preciso ter muita cautela com as pessoas que tratam injustamente seus conhecidos.

| 198

O lavrador e seus filhos

Um lavrador à beira da morte desejava que seus filhos adquirissem experiência na lavoura. Chamou-os, então, para junto de si e disse: "Meus filhos, numa de minhas vinhas há um tesouro". Logo depois que o pai faleceu, eles pegaram os forcados e as charruas e revolveram toda a plantação. Tesouro, na verdade, não encontraram, mas a vinha lhes deu em recompensa múltiplas cargas de frutos.

A fábula mostra que o trabalho é um tesouro para os homens.

| 199

O lavrador e seus filhos que viviam em discórdia

Um lavrador tinha filhos que viviam em discórdia e, apesar de seus muitos conselhos, não conseguia persuadi-los só com palavras a mudar de comportamento. Então concluiu que era preciso fazê-lo por meio de uma ação. Assim, propôs que eles trouxessem um fardo de lenha. Realizada essa tarefa, o lavrador lhes deu, primeiro, o fardo amarrado e ordenou que o quebrassem, mas eles não conseguiram quebrá-lo, apesar de todo o esforço que fizeram. Em seguida, ele desamarrou o fardo e foi lhes entregando um galho por vez, que iam quebrando sem dificuldade. E disse-lhes, depois: "Pois é. Assim, também vocês, meus filhos, se permanecerem amigos, serão invencíveis para os inimigos. Mas, se viverem em discórdia, serão presas fáceis".

A fábula mostra que a concórdia é tão mais forte quanto facílima de vencer é a discórdia.

| 200

O leão doente, o lobo e a raposa

Um velho leão jazia doente estirado numa gruta. Todos os animais fizeram uma visita ao rei, menos a raposa. Foi então que o lobo aproveitou a chance de denunciá-la ao leão, dizendo que ela não tinha a menor consideração por aquele que exercia a autoridade sobre todos os animais e, por isso, não vinha visitá-lo. Mas, justo nesse momento, foi chegando a raposa, que ouviu as palavras finais do lobo. O leão, por conseguinte, começou a rugir para ela. A raposa, no entanto, pediu uma oportunidade de defesa e disse: "E, dentre esses que se reuniram aqui, quem foi que se preocupou com você tanto quanto eu, que andei por toda parte procurando saber dos médicos um tratamento para você e acabei encontrando?". E, como o leão a mandasse dizer sem demora qual era o tratamento, ela falou: "É só esfolar um lobo vivo e envolver-se com a pele dele ainda quente". E o lobo, imediatamente, jazeu morto. Então a raposa disse, a rir: "Assim, não se deve instigar o chefe à hostilidade, mas à benevolência!".

A fábula mostra que aquele que maquina contra os outros reverte para si próprio a maquinação.

| 201

O leão e a lebre

Um leão deparou com uma lebre a dormir, e estava prestes a devorá-la quando avistou uma corça passando por ali. Pôs-se, então, a persegui-la, deixando de lado a lebre, que despertou com o tropel e fugiu. E o leão, depois de muito correr atrás da corça, sem no entanto conseguir apanhá-la, voltou para atacar a lebre. Mas, ao ver que ela havia fugido, disse: "Mas é bem feito para mim, pois abandonei o repasto que tinha em mãos para dar prioridade à expectativa de um melhor".

Assim, alguns homens, não satisfeitos com ganhos modestos, vão atrás de expectativas melhores e, sem notar, desperdiçam os que têm em mãos.

| 202

O leão e a rã

Ao ouvir o coaxar de uma rã, um leão se voltou para aquele barulho, crente de que se tratava de um animal de grande porte. Então, aguardou algum tempo e, quando a viu saindo do brejo, chegou perto e esmagou-a, dizendo: “Que o ouvir não abale ninguém antes do ver”.

Para homem de eloquência doentia, que só consegue tagarelar, a fábula é oportuna.

| 203

O leão e o burro que foram juntos à caça

Um leão e um burro se tornaram sócios e foram caçar. Ao chegarem a uma gruta onde havia cabras selvagens, o leão estacou na entrada para vigiar as que iam sair, enquanto o burro entrou e, lançando-se entre elas, começou a zurrar, pretendendo espantá-las para fora. E, depois que o leão havia apanhado quase todas, o burro saiu e quis saber do leão se ele havia lutado bravamente e afugentado direito as cabras. Então o leão respondeu: "Mas tenha certeza de que até eu teria ficado com medo, se não soubesse que você é um burro!".

Assim, os que se vangloriam diante de quem os conhece expõem-se ao riso inevitavelmente.

| 204

O leão e o golfinho

Enquanto zanzava por uma praia, um leão viu assomar fora da água a cabeça de um golfinho e, então, convidou-o para uma aliança de guerra, dizendo que era uma combinação perfeita eles serem amigos e aliados, pois, enquanto um era o rei dos animais marinhos, ele próprio reinava sobre os animais terrestres. De bom grado, o golfinho concordou. E o leão, que havia muito tempo estava em guerra contra um touro selvagem, chamou o golfinho em seu socorro. E como ele, mesmo querendo, não conseguia sair do mar, o leão o acusou de traidor. O golfinho, então, respondeu: "Não faça censuras a mim, mas à natureza, pois foi ela que, ao me fazer marinho, não me deixa andar em terra firme".

Pois é. Portanto, também nós, que selamos pactos de amizade, devemos escolher como aliados aqueles que possam, nos perigos, estar junto de nós.

| 205

O leão e o javali

[A fábula mostra] Que é belo desfazer as querelas nocivas e as rivalidades, visto que elas acabam em danos para todo mundo.

No verão, quando o calor intensifica a sede, numa pequena fonte vieram beber um leão e um javali. Os dois começaram a discutir para ver quem beberia primeiro e, a partir da discussão, se animaram a travar um duelo mortal. De repente, porém, ao recuarem para tomar fôlego, viram abutres só esperando que um deles tombasse, para comê-lo. Por isso, puseram fim às hostilidades, dizendo: "É melhor nos tornarmos amigos do que banquete para abutres e corvos".

| 206

O leão e o onagro

Um leão e um onagro estavam caçando bichos, o leão recorrendo à sua força e o onagro, à rapidez de suas patas. Assim que caçaram alguns, o leão se pôs a fazer a partilha e separou três partes, dizendo: “A primeira eu vou pegar porque tenho prioridade, afinal, sou o rei. A segunda eu vou pegar porque sou seu sócio, com direitos iguais. E essa, a terceira, vai lhe causar um grande mal se você não quiser fugir”.

[A fábula mostra] que o bom é medir-se em tudo segundo a própria força, e não se juntar nem fazer sociedade com os mais poderosos.

| 207

O leão e o rato agradecido

Enquanto um leão dormia, um rato passeava pelo seu corpo. Nisso, ele despertou e o agarrou, e já ia devorá-lo, quando o rato começou a pedir que o soltasse, dizendo que, se o deixasse são e salvo, iria retribuir-lhe esse favor. O leão desandou a rir e soltou-o. Aconteceu, porém, que não demorou muito para ele ser salvo pela gratidão do rato. Tendo sido apanhado por caçadores, o leão foi amarrado com uma corda a uma árvore. Nesse instante o rato ouviu os gemidos dele, foi até lá e roeu a corda. E disse, após libertá-lo: "Certa vez você caçoou de mim porque não contava receber de minha parte uma recompensa. Agora, porém, esteja certo de que também entre os ratos há gratidão!".

A fábula mostra que as situações mudam e os muito poderosos passam a precisar dos mais fracos.

| 208

O leão e o touro

Um leão que tramava contra um touro enorme quis dominá-lo por meio de um ardil. Então, contou-lhe que havia imolado um cordeiro e convidou-o para a refeição, pretendendo dar cabo dele quando estivesse refestelado à mesa. O touro veio e, quando viu vários caldeirões e grandes espetos, mas nada de cordeiro, foi saindo calado. Foi então que o leão se pôs a repreendê-lo e a perguntar-lhe por que motivo ele, que não tinha sido maltratado, estava saindo em silêncio. E o touro respondeu: "Mas não é sem razão que estou fazendo isso! É que estou vendo utensílios preparados não para um cordeiro, mas para um touro".

A fábula mostra que aos homens prudentes não passam despercebidos os artifícios dos malvados.

| 209

O leão e o urso

Um leão e um urso encontraram um filhote de veado e puseram-se a brigar por causa dele. E se agrediram com tal violência que logo sentiram vertigens e caíram prostrados. Então uma raposa que estava chegando ali, ao vê-los inertes, agarrou o filhote, que jazia entre eles, e saiu por entre os dois. E eles, sem condições de levantar, disseram: "Como somos miseráveis! Estávamos nos matando em proveito de uma raposa!".

A fábula mostra que sofrem com razão as pessoas que veem os frutos obtidos de seus próprios esforços serem levados pelo primeiro que aparece.

| 210

O leão enamorado

Um leão enamorou-se da filha de um lavrador e foi pedi-la em casamento. E o lavrador, que não suportava a ideia de entregar a filha a uma fera e, por medo, também não conseguia dizer não, fez o seguinte. Visto que o leão insistia em pressioná-lo, ele disse que o reputava um noivo digno de sua filha, mas não podia conceder-lhe sua mão, a menos que ele extraísse as presas e aparasse as garras, que amedrontavam a mocinha. O leão, por amor, sujeitou-se com facilidade a todas as exigências e o lavrador, já sem nenhum receio dele, escorraçou-o a porretadas quando ele veio à sua casa.

A fábula mostra que aqueles que se fiam no próximo sem mais nem menos aceitam abrir mão de seus privilégios específicos e, depois, se tornam presas fáceis daqueles que anteriormente os temiam.

| 211

O leão furioso e o veado

Ao avistar, da floresta, um leão em acesso de fúria, um veado disse: “Aiaiai! Pobres de nós! O que não fará esse aí, enfurecido assim, se já era insuportável quando estava em pleno juízo?!”.

(A fábula aconselha) Que todos se mantenham afastados dos homens de ânimo alterado e acostumados a fazer o mal, quando eles ocupam o poder e se tornam chefes.

| 212

O leão, o burro e a raposa

Um leão, um burro e uma raposa fizeram entre si uma sociedade e foram caçar. Assim que apanharam uma boa quantia de presas, o leão determinou que o burro lhes fizesse a partilha. Então ele fez três partes iguais e convidou-o para escolher uma. Enfurecido, o leão saltou sobre ele, devorou-o e, depois, determinou que a raposa fizesse a divisão. Ela ajuntou tudo num único monte, reservando para si uma pequena porção, e convidou o leão a fazer a escolha. E, quando o leão lhe perguntou quem é que a ensinara a repartir daquele modo, a raposa respondeu: “A desgraça do burro!”.

A fábula mostra que os infortúnios do próximo se tornam, para os homens, fonte de sabedoria.

| 213

O leão, a raposa e a corça

Um leão, que jazia doente em uma caverna, disse à estimada raposa, com quem mantinha convívio: "Se você me quer vivo e saudável, ludibrie com palavras a maior corça que vive na floresta, faça com que ela venha às minhas mãos, pois ela tem um coração e entranhas que despertam o meu apetite". A raposa se foi e, ao encontrar a corça a saltitar na floresta, saudou-a efusivamente e, em seguida, lhe disse: "Vim trazer boas novas! Você sabe que o leão, nosso rei, é meu vizinho. Ele está doente, moribundo, e se pôs a considerar sobre qual dos animais iria sucedê-lo. O javali é sem juízo", afirmava ele, "o urso, balofo, a pantera, ranzinza, o tigre, fanfarrão. A corça é a mais digna da realeza, porque tem porte altivo, vida longa e um chifre que intimida as serpentes. Bom, mais delongas para quê? Por decisão dele, você assumirá o reinado! E eu, que recompensa vou ganhar por ter-lhe dado essa notícia em primeira mão? Vamos, prometa-me alguma coisa. Estou com pressa, não vá ele sentir a minha falta! Ele me tem como conselheira para tudo. Se você quer ouvir a mim, que sou velha, o meu conselho é que você venha também e aguarde junto do moribundo". Assim disse a raposa. Com essas palavras, a corça ficou toda cheia de si e foi à caverna, ignorando o que ia acontecer. O leão, então, lançou impetuoso suas garras sobre ela, dilacerando-lhe somente as orelhas, pois a corça tratou de fugir rapidamente para a floresta. Enquanto a raposa dava murros porque havia feito esforços em vão, o leão gemia, entre fortes rugidos, pois a fome e o desgosto o dominavam. Então ele suplicou à raposa que fizesse uma segunda tentativa para trazer a corça novamente, por meio de um ardil. "A tarefa que você me atribui é difícil e penosa. Contudo, vou lhe dar esse apoio", disse a raposa. Assim, como um cão farejador, saiu à procura da corça e foi tramando trapaças rumo à floresta, seguindo a indicação de uns pastores, a quem ela perguntou se tinham visto uma corça sangrando. A raposa a encontrou esbaforida e parou diante dela com a maior cara de pau. Indignada, a corça arrepiou o pelo e disse: "Nunca mais você me pega, sua peste! E se chegar perto de mim, não sairá viva! Vá raposinhar com outros, inexperientes, estimulando-os a se tornarem reis!". A raposa rebateu: "Você é tão frágil e covarde assim, que desconfia de nós, seus amigos? O leão, quando agarrou sua orelha, ia dar conselhos e recomendações a respeito desse cargo tão importante, porque ele está morrendo! E você não tolerou nem mesmo um arranhão da pata de um enfermo! Agora a indignação dele é muito maior que a sua, e ele pretende tornar rei o lobo. Ai de mim, um senhor malvado! Mas venha, não se deixe sugestionar por nada, comporte-se como um cordeiro. Juro por todas as folhas e fontes que não sofrerá nenhum mal da parte do leão. Quanto a mim, quero apenas o seu bem". Com tais ludíbrios, a raposa convenceu a medrosa a acompanhá-la uma segunda vez. E quando a corça adentrou a caverna, o leão agarrou a sua janta e se pôs a comer os ossos todos, o tutano e as entranhas. A raposa ficou parada, observando. Nisso cai o coração da corça e a raposa sorrateiramente o apanha e devora, como prêmio de seu empenho. E quando percebeu que o leão farejava todas as partes mas não achava o coração, ela, postada à distância, lhe disse: "A bem da verdade, essa fulana aí não tinha coração. Nem adianta procurar! Que espécie de coração teria ela, que veio ter por duas vezes à morada e às mãos de um leão?".

[A fábula mostra] Que o amor pelas honrarias turva a mente humana e subestima as consequências dos perigos.

| 214

O leão, Prometeu e o elefante

Um leão vivia se queixando com Prometeu porque este o havia feito grande e belo, havia munido sua mandíbula de dentes e fortalecido suas patas com garras; fizera-o, enfim, mais poderoso que os outros animais. "Mas eu, com tais regalias", dizia ele, "tenho medo do galo!" E Prometeu respondeu: "Você não tem motivo para me culpar, pois recebeu de mim tudo o que eu pude fazer. E é só diante desse animal que seu ânimo esmorece!". Mas o leão se deplorava, recriminando a própria covardia e, por fim, quis morrer. Estava com essas ideias na cabeça, quando encontrou por acaso um elefante. Este o cumprimentou e se deteve a conversar. Ao ver que ele abanava as orelhas o tempo todo, o leão disse: "O que há com você? Por que não sossega um pouco essa orelha?". E o elefante, que justamente naquele momento estava com um mosquito voejando ao seu redor, respondeu-lhe: "Você está vendo esta coisa minúscula, este zumbidor? Se ele entrar no buraco do meu ouvido, estou morto!". E o leão tornou: "Ora! Por que eu, que sou o tal, deveria morrer, se sou muito mais sortudo que o elefante, uma vez que o galo é bem mais que um mosquito?".

Você está vendo a força que tem o mosquito, a ponto de amedrontar até um elefante!

| 215

O leão que tinha medo do rato

Um rato corria pelo corpo de um leão adormecido. Então ele despertou e começou a contorcer-se em todas as direções, tentando encontrar quem o estava afrontando. Nisso, uma raposa o viu e começou a insultá-lo, pois ele, que era um leão, tinha medo de um rato. Ele respondeu: "Não fiquei com cisma do rato. Mas espantou-me que alguém tivesse o atrevimento de correr sobre o corpo de um leão adormecido!".

A fábula mostra que os homens sensatos não desdenham nem mesmo as coisas modestas.

| 216

O leão rei

Um certo leão tornou-se um rei que não era genioso, nem grosseiro, nem violento, mas dócil e justo, feito um ser humano. Em seu reinado houve um congresso de todos os animais, para ajustarem contas uns com os outros, o lobo com o cordeiro, a pantera com a camurça, o veado com o tigre e o cão com a lebre. Foi então que essa medrosa falou: “Rezei muito para ver este dia, em que os ínfimos apareçam aterradores para os violentos”.

[A fábula mostra] Que, quando existe justiça na cidade e todos pronunciam julgamentos justos, até a ralé vive despreocupadamente.

| 217

O leão trancafiado e a raposa

Ao avistar um leão trancafiado, uma raposa parou ao lado dele e lhe proferiu insultos terríveis. Mas o leão lhe disse: “Não é você que me ultraja, e sim este infortúnio que desabou sobre mim”.

Esta fábula mostra que muitas pessoas ilustres, quando vitimadas por reveses, são vilipendiadas pela ralé.

| 218

O leão trancafiado e o lavrador

Um leão entrou no estábulo de um lavrador. Este, no desejo de apanhá-lo, fechou a porta do cercado. Impossibilitado de sair, o leão dizimou primeiro os rebanhos e, depois, se voltou também para os bois. E o lavrador, temendo por sua própria vida, abriu a porta. Quando o leão já estava longe, sua mulher, ao vê-lo chorando, disse: "Mas é benfeito para você! Por que resolveu trancafiar esse animal, que até de longe você devia evitar?".

Assim, aqueles que provocam os mais fortes amargam com razão os próprios descuidos.

| 219

O leão velho e a raposa

Um leão já velho e sem condições de arranjar alimento com o próprio esforço, entendeu que devia fazê-lo por meio de algum recurso criativo. Então foi para uma caverna e lá se pôs deitado, fingindo que estava doente. E, assim, os animais que vinham lhe fazer uma visita, ele agarrava e devorava. Inúmeros animais haviam sido dizimados, quando uma raposa percebeu qual era a tática do leão e foi até lá. Ela, porém, se deteve do lado de fora da caverna e perguntou ao leão como ele estava. Ele disse: "Estou mal!". E quis saber por que razão ela não entrava. A raposa respondeu: "Eu bem que teria entrado, se não estivesse vendo pegadas de muitos animais que entraram, mas de nenhum que saiu".

*Assim, os homens
prudentes se safam
dos perigos, porque se
apoiam nos indícios
e tomam precauções.*

| 220

A leoa e a raposa

Uma leoa, censurada por uma raposa pelo fato de sempre gerar um só filhote, respondeu: “Um só, mas leão!”.

A fábula mostra que o belo está não na quantidade, mas na qualidade.

| 221

A lebre e a raposa

[A fábula mostra] Que muitas vezes um mal enorme acontece para os curiosos que usam indevidamente sua curiosidade.

A lebre disse para a raposa: "É verdade que você logra muito? Se não for isso, por que você tem o nome de logro?". E a raposa: "Se você tem dúvida, venha cá, que eu vou lhe oferecer um jantar". A outra a seguiu, mas no interior da toca não havia para a raposa nenhuma refeição, a não ser a lebre, que disse então: "Com minha desgraça estou aprendendo de onde vem seu nome: não vem do lucro, mas do engodo".

| 222

A lebre dentro do poço e a raposa

Uma lebre sentiu sede e desceu num poço para beber da água. Após haver-se fartado da deliciosa bebida, ia sair de lá quando se deu conta de que estava confinada, pois não tinha como galgar a subida, e começou a ficar apreensiva. Nisso, uma raposa veio ter ali também e, ao deparar com ela, disse: "Realmente você se meteu numa grande enrascada! Pois devia primeiro resolver como iria sair do poço e, só depois, descer dentro dele".

Esta fábula denuncia aqueles que não pedem conselhos e tomam atitudes voluntariosas.

A lebre dentro do poço e a raposa.

| 223

As lebres e as raposas

Certa vez, um bando de lebres que estava em guerra contra as águias convidou raposas para serem suas aliadas. Mas elas disseram: “Daríamos apoio a vocês, se não soubéssemos quem vocês são e contra quem estão fazendo guerra”.

A fábula mostra que aqueles que gostam de lutar contra os superiores tornam-se vítimas do fracasso e também de zombarias.

| 224

As lebres e as rãs

Cientes da própria covardia, as lebres concluíram que deviam se jogar de um precipício e, então, rumaram para o topo de uma ribanceira, que ia dar num brejo. E as rãs desse brejo, tão logo ouviram o tropel das lebres, se mandaram para o fundo da água. Foi então que uma das lebres as viu fazendo isso e disse para as demais: “Nada de nos lançarmos nessa fundura! Pois acabamos de descobrir que existem animais bem mais covardes do que nós!”.

Assim, também, para os homens, as desgraças alheias se tornam consolo para as infelicidades pessoais.

| 225

O leitão e os cordeiros

Um leitão se meteu num rebanho de cordeiros e ali ficou pastando. Mas um dia, o pastor o agarrou e ele se pôs a berrar e a espernear. Então os cordeiros lhe chamaram a atenção, por causa de seus berros, dizendo: "Ele nos agarra constantemente e nós não gritamos!". Ele respondeu: "Mas ele me agarra diferente! Ele cerca vocês por causa da lã ou do leite, mas de mim ele quer a carne!".

A fábula mostra que têm razão de chiar aqueles que veem ameaçadas não suas posses, mas suas vidas.

| 226

O lenhador e Hermes

Um homem estava cortando lenha às margens de um rio, quando deixou cair na água seu machado, que foi levado pela correnteza. Sentado no barranco, ele ficou a chorar, até que Hermes se compadeceu, foi até lá e, ao saber do motivo de seu pranto, desceu no rio e voltou com um machado de ouro. Logo após, o deus lhe perguntou se aquele era seu machado, mas ele disse que não, que não era aquele. Na segunda vez, Hermes trouxe um machado de prata e perguntou se era aquele que o lenhador tinha deixado cair no rio. E, como ele negou que fosse aquele, Hermes lhe trouxe, na terceira vez, o machado dele, que o homem reconheceu que era mesmo o seu. Impressionado com sua honestidade, Hermes lhe deu de presente todos os três machados. O lenhador aceitou os presentes e, mais tarde, quando foi ter com seus companheiros, contou-lhes detalhadamente o sucedido. Então um deles, que estava de olho grande nessa história, decidiu viver a mesma experiência: pegou um machado, foi à beira do mesmo rio e, enquanto cortava lenha, deixou de propósito cair o machado na correnteza. Depois, sentou-se a chorar. E, quando Hermes apareceu e lhe perguntou o que havia ocorrido, ele citou a perda do machado. Mas, assim que Hermes retirou do rio um machado de ouro e lhe perguntou se era aquele que ele havia perdido, o homem, de olho no lucro, mais do que depressa falou que era aquele. O deus, porém, não o recompensou e também não lhe entregou o que lhe pertencia.

A fábula mostra que a divindade ampara os justos tanto quanto hostiliza os injustos.

| 227

O lobo e a cabra

Um lobo viu uma cabra pastando no alto de uma escarpa e, como não conseguisse atacá-la, falou--lhe para descer um pouco mais – não fosse ela cair por descuido! – e disse que onde ele estava o prado era melhor, principalmente porque a relva estava bem viçosa. E ela respondeu: "Mas não é por causa do pasto que você está me chamando. É que você mesmo não tem o que comer!".

Assim, também, os homens malfeitores, quando praticam maldade perto de quem os conhece, não tiram proveito de seus artifícios.

| 228

O lobo e a garça

Engasgado com um osso, um lobo andava à procura de alguém que o curasse. Ao deparar com uma garça, propôs a ela que lhe retirasse o osso, mediante um pagamento. Então a garça enfiou a cabeça na garganta dele, extraiu o osso e, depois, exigiu o pagamento combinado. E ele respondeu: “Mas você, minha cara, não satisfeita de ter retirado incólume sua cabeça da goela de um lobo, ainda exige pagamento?”.

A fábula mostra que a maior recompensa de uma ação praticada em benefício dos perversos é não receber deles, em retribuição, uma crueldade.

| 229

O lobo e a ovelha

Um lobo já estava saciado de comida, quando viu uma ovelha estirada ao chão. Ao notar que ela havia caído por medo dele, chegou perto e se pôs a encorajá-la, dizendo que a deixaria livre se ela dissesse três sentenças verdadeiras. Então ela começou dizendo, em primeiro lugar, que não desejara encontrá-lo. E, em segundo, disse que, visto seu desejo ter-se frustrado, queria tê-lo encontrado cego. E acrescentou a terceira: "Tomara que todos os lobos morram de morte cruel, pois vocês, malvados, nos fazem guerra, apesar de não lhes fazermos nenhum mal". E o lobo, reconhecendo que ela não mentia, libertou-a.

A fábula mostra que, muitas vezes, a verdade tem força até junto dos inimigos.

230

O lobo e a velha

Um lobo faminto zanzava à procura de comida. Ao chegar numa estalagem, ouviu uma criança choramingando e uma velha dizendo, em tom de ameaça: "Pare de chorar, senão vou jogar você para o lobo!". E o lobo, crente de que a velha falava sério, parou e ficou à espera. A tarde caiu e o lobo, ao ver que nada se seguia àquelas palavras, foi embora, dizendo para si: "Nessa estalagem, as pessoas falam uma coisa mas fazem outra!".

Esta fábula cairia bem para aqueles homens cujas ações não se coadunam com suas palavras.

| 231

O lobo e o cão

Ao ver um cão enorme preso na coleira, um lobo perguntou: “Quem foi que prendeu você e lhe deu tanta comida?”. E o cão: “Um caçador”. E o lobo: “Tomara que não aconteça uma coisa dessas com um lobo que é amigo meu! A fome é mais leve que a coleira!”.

A fábula mostra que,
nas desventuras,
nem o estômago
sente prazer.

| 232

O lobo e o cavalo

Ao caminhar por uma plantação, um lobo encontrou cevada, mas, como não podia usá-la como alimento, abandonou-a. Estava indo embora, quando encontrou um cavalo. Então o lobo tentou conduzi-lo até a plantação, dizendo que tinha encontrado cevada, mas não a comera, pois a deixara reservada para ele, sobretudo porque sentia prazer em ouvir o barulho de seus dentes. E o cavalo disse, em resposta: “Mas se lobos pudessem se alimentar de cevada, você jamais teria posto as orelhas na frente do estômago!”.

A fábula mostra que os perversos por natureza não merecem confiança, mesmo que façam alarde de boas intenções.

| 233

O lobo e o cordeiro

Um lobo viu um cordeiro bebendo água de um rio e desejou devorá-lo com um pretexto bem articulado. Assim, postou-se mais acima e começou a recriminá-lo, dizendo que ele estava turvando a água e impedindo-o de beber. O cordeiro respondeu que bebia com a ponta dos lábios e que, de mais a mais, não podia ser que ele, que estava abaixo, estivesse turvando a água do lado de cima. E o lobo, fracassando nessa acusação, disse: “Mas no ano passado você injuriou meu pai!”. E, como o cordeiro revidou que naquela época ele ainda não tinha um ano de vida, o lobo lhe disse: “Ora, se suas defesas forem bem-sucedidas, eu não vou comer você!”.

A fábula mostra que, junto daqueles cujo propósito é praticar a injustiça, nenhuma defesa justa tem valor.

| 234

O lobo e o cordeirinho

Um cordeirinho estava sendo perseguido por um lobo e buscou refúgio num templo. Então o lobo se pôs a chamá-lo e a dizer que, se o sacerdote o apanhasse, iria sacrificá-lo ao deus. O cordeirinho respondeu: “Mas para mim é mais aceitável ser sacrificado a um deus do que ser morto por você”.

A fábula mostra que, se é imperioso morrer, é melhor morrer com glória.

| 235

O lobo e o leão

Certa vez um lobo estava levando para sua toca um cordeiro roubado de um rebanho, quando um leão topou com ele e tomou-lhe a presa. Então o lobo estacou e lhe disse, de longe: “Você tomou desonestamente o que era meu!”. E o leão revidou, com um sorriso: “E por acaso você o recebera honestamente de algum amigo?”.

Gatunos e bandidos presunçosos, que trocam acusações quando se veem em alguma complicação, a fábula denuncia.

| 236

O lobo e o pastor

Um lobo seguia um rebanho de ovelhas sem molestá-las. O pastor, a princípio, tomava tento nele, seu inimigo, e, temeroso, vigiava-o de perto. Mas como ele ia seguindo ao seu lado, sem fazer nada de errado ou insinuar qualquer ameaça de roubo, o pastor entendeu que o lobo era antes um protetor do que um embusteiro e, quando precisou ir à cidade, deixou com ele as ovelhas e partiu. Então, o lobo aproveitou a chance e dizimou a maioria. Quando o pastor retornou e viu o rebanho dizimado, disse: "Mas é bem feito para mim! Por que fui confiar ovelhas a um lobo?".

Assim, também, os homens perdem com razão os depósitos que confiam a pessoas ambiciosas e sem escrúpulos.

| 237

O lobo envaidecido e o leão

Um lobo vadiava por ermas paragens,
enquanto o Sol já ia descendo no ocaso.
E disse, ao ver sua própria sombra alongada:
"Temer o leão? Eu? Que tenho este tamanho?
Com tantos metros de medida, será simples
ser senhor de todas as feras reunidas!".
Mas um leão forte agarra o lobo vaidoso
e já o abocanha. Grita o lobo arrependido:
"A pretensão é a causa de nossas desgraças".

| 238

O lobo general e o burro

[A fábula mostra] Que certas pessoas que parecem legislar segundo a justiça elas próprias não se enquadram nas leis que formulam e que adotam em seus julgamentos.

Assim que se tornou general da alcateia, um lobo ditou leis fixando que cada lobo deveria trazer para o grupo a presa que tivesse caçado e dar uma porção igual para cada um, a fim de evitar que os demais, privados de comida, devorassem uns aos outros. Então um burro se aproximou e, sacudindo a crina, disse: "Magnífica ideia saída da cabeça de um lobo! Mas como é que você deixou guardada em seu covil a caça de ontem? Vamos, trate de oferecê-la ao grupo, faça a partilha!". E ele, denunciado, revogou as leis.

| 239

O lobo machucado e o cordeiro

Tendo sido mordido por cães, um lobo estava passando mal e permanecia estirado no chão, sem condições de ir à cata de comida para si. Mas, nisso, ele viu uma ovelha e pediu a ela que lhe arrumasse um pouco da água de um rio que corria perto dali. "Pois se você me der de beber, eu vou achar comida para mim", disse ele. A ovelha, porém, rebateu: "Mas se eu lhe servir a bebida, sou eu que vou virar sua comida!".

Para homem malfeitor que prepara emboscada por meio de subterfúgios, a fábula é oportuna.

| 240

O lobo médico

Um burro estava pastando num prado e, ao ver um lobo avançando em sua direção, começou a fazer de conta que estava mancando. O lobo se aproximou e quis saber por que razão ele estava mancando. O burro respondeu que, ao atravessar uma sebe, havia pisado numa farpa, e aconselhou o lobo a, primeiro, extrair a farpa e só depois devorá-lo, para ele não se espetar enquanto o estivesse engolindo. O lobo se deixou convencer e ergueu a pata do burro, com a atenção toda voltada para seu casco. Nisso, o burro lhe pregou um coice na boca, que abalou seus dentes. E o lobo disse, entre dores: "Mas é bem feito para mim! Se meu pai me ensinou o ofício de carniceiro, por que fui me ocupar da medicina?".

Assim, também, os homens que se põem a fazer o que não lhes compete se desgraçam com razão.

o burro lhe pregou um
coice na boca ...

| 241

Lobos e cães reconciliados

[A fábula mostra] Que aqueles que traem a pátria recebem esse tipo de pagamento.

Os lobos disseram aos cães: "Por que vocês, que são iguais a nós em tudo, não se põem de acordo conosco, feito irmãos? Não há entre nós nenhuma diferença, exceto quanto ao modo de pensar. E nós, os lobos, vivemos juntos em liberdade, enquanto vocês se curvam, subservientes, aos homens, tomando bordoadas, usando coleiras e vigiando os cordeiros. Mas, quando eles fazem as refeições, dão para vocês somente os ossos! Ora, se confiarem em nós e nos entregarem os rebanhos todos, teremos tudo em comum para comermos à farta". Os cães deram crédito a tais propostas e os lobos, assim que entraram no aprisco, a primeira coisa que fizeram foi dizimar os cães.

| 242

Lobos e cães em guerra

Certa vez, quando os lobos e os cães estavam em pé de guerra, um cão grego, eleito o general dos caninos, tentava adiar o combate, ao passo que os lobos faziam ameaças terríveis. Então o cão disse aos lobos: "Sabem por que razão eu vou com calma? É porque preciso deliberar com cautela. Vocês pertencem a uma só raça e são todos de uma só cor, enquanto nós temos hábitos diversos e nos ufanamos de nossas terras. Além disso, nossa cor não é uma mesma e única; ao contrário, uns são pretos, outros, avermelhados, e outros, ainda, brancos e cinzentos. E como posso conduzi-los à guerra se eles são tão discordantes e desiguais em tudo?".

(A fábula mostra) Que, quando há consenso na deliberação e no pensamento, todas as expedições alcançam vitória sobre as adversidades.

| 243

Os lobos e os cordeiros

Estavam uns lobos de olho num rebanho de cordeiros e, como não conseguiam agarrá-los por causa dos cães vigilantes, reconheceram que seria preciso recorrer a algum ardil. Então, mandaram embaixadores pedir aos cordeiros que lhes entregassem os cães, alegando que eram esses os responsáveis pela hostilidade que havia entre lobos e cordeiros. E que, se lhes confiassem os cães, haveria paz entre eles. Os cordeiros, então, sem prever as consequências, entregaram os cães. E os lobos, com os cães sob controle, também dizimaram facilmente o rebanho, que estava desprotegido.

Assim, também, as cidades que traem seus líderes sem mais nem menos caem rapidamente nas mãos dos inimigos sem perceber.

| 244

Os lobos, os cordeiros e o carneiro

Lobos enviaram embaixadores aos cordeiros para combinar com eles uma paz duradoura, desde que pudessem pegar os cães e destruí-los. E os cordeiros, tolos, concordaram com isso. Mas um carneiro velho observou: “Como vou confiar e conviver com vocês se, mesmo com cães me guardando, não consigo pastar em segurança?”.

[A fábula mostra] Que a pessoa não deve se despir de uma condição estável, fiando-se em juramentos de inimigos irreconciliáveis.

| 245

A macaca e seus filhotes

Dizem que as macacas geram dois filhotes e que a um deles dão afeto e criam com dedicação, ao passo que rejeitam o outro e não cuidam dele. Acontece que, por uma fatalidade divina, aquele que é tratado com afeto morre, enquanto o outro, o rejeitado, desenvolve-se bem.

A fábula mostra que a fatalidade é mais poderosa que qualquer previdência.

| 246

O macaco e a camela dançarinos

Numa reunião de animais irracionais, um macaco se levantou e se pôs a dançar. E, como estava agradando e todos apontavam para ele, uma camela ficou enciumada e quis alcançar o mesmo sucesso. Então, levantou-se e tentou dançar também. Mas, como ela executava movimentos extravagantes, os animais perderam a paciência e a expulsaram a porretadas.

A fábula é oportuna para os invejosos que rivalizam com os superiores e, por conseguinte, se dão mal.

| 247

O macaco e os pescadores

Um macaco, empoleirado no alto de uma árvore, avistou pescadores à beira do rio lançando a rede e ficou observando o que é que eles faziam. E assim, quando eles recolheram a rede e se afastaram dali para comer os peixes, o macaco desceu da árvore e tentou lançar a rede, pois dizem que esse animal é imitador. Ao manejar as redes, porém, ficou preso. Então ele disse para si: "Mas é bem feito para mim! Por que é que eu, que não sei pescar, me meti a fazer isso?".

A fábula mostra que pôr-se a fazer coisas que não convém é não só inútil como também danoso.

| 248

O macaco eleito rei e a raposa

Numa assembleia de animais irracionais, um macaco teve bom acolhimento e foi eleito rei por aclamação. Uma raposa, porém, sentiu inveja e, quando viu uma porção de carne deixada numa armadilha, levou o macaco até lá, alegando que havia encontrado um tesouro, do qual ela própria não fizera questão, mas o havia preservado para ele, como presente régio, e exortou-o a pegá-lo. O macaco, despreocupadamente, se aproximou e foi apanhado pela armadilha. E, depois, ficou acusando a raposa de ter-lhe preparado uma cilada. Ela respondeu: "Pois você, macaco, que é tão ingênuo assim, é o rei dos animais?".

Assim, aqueles que empreendem tarefas irrefletidamente, além de fracassarem, são alvos de zombaria.

| 249

O mandão e os marinheiros

Certa vez um mandão fazia uma viagem de navio, debaixo de uma tempestade, e, enfastiado, disse para os marinheiros, que estavam remando sem muito vigor por causa da tormenta: "Ô, marinheiros, se não conduzirem mais depressa o navio, vou acabar com vocês a pedradas!". Então um deles retrucou: "Quem dera estivéssemos num lugar onde fosse possível recolher pedras!".

Portanto, nós igualmente devemos suportar, em relação às nossas vidas, os danos mais leves, para escaparmos dos mais pesados.

| 250

O marido e a esposa intratável

Um homem que tinha uma esposa por demais intratável quis saber se com os criados da casa paterna ela se comportava do mesmo modo. Então, arrumou um bom pretexto e despachou-a para a casa do pai. Após alguns dias ela retornou e ele quis saber como é que os servos a tinham recebido. “Os vaqueiros e os pastores me olhavam torto”, respondeu ela. O homem respondeu: “Mas se você, mulher, se dava mal com eles, que levam os animais ao pasto de manhãzinha e só voltam ao anoitecer, o que se deve esperar quando se trata daqueles com quem você convivia o dia todo?”.

Assim, muitas vezes, a partir das pequenas coisas se deduzem as grandes, e das evidentes, as ocultas.

| 251

O médico incompetente

Um médico incompetente acompanhava um enfermo e, enquanto os outros médicos diziam ao doente que ele não corria perigo e que apenas ia continuar com a doença por um longo tempo, ele foi o único a recomendar ao paciente que fizesse seus preparativos, "pois de amanhã você não passa". Disse isso e retirou-se. Depois de um certo tempo, o doente se levantou e saiu, mesmo pálido e caminhando com dificuldade. O médico, ao topar com ele, disse: "Salve! Como vão os moradores das regiões infernais?". E o outro respondeu: "Estão serenos, pois beberam da água do rio do Esquecimento. Mas, não faz muito tempo, a Morte e o deus Hades estavam planejando castigos terríveis a todos os médicos, porque eles não deixam morrer os doentes, e estavam anotando os nomes de todos eles. Iam registrar até o seu nome, mas eu me prostrei em súplica diante deles e lhes jurei que você não era médico de verdade e que tinha sido incriminado sem razão".

A presente fábula põe em tela os médicos despreparados, ignorantes e de conversa elaborada.

| 252

O médico no funeral

Enquanto acompanhava o enterro de um parente, um médico dizia aos que seguiam o cortejo: "Esse homem, se fizesse abstinência de vinho e tivesse feito lavagem intestinal, não teria morrido". Um dos presentes, então, lhe disse: "Mas você não devia dizer isso agora, que não adianta mais! Devia ter-lhe feito essas recomendações anteriormente, quando ele podia tê-las aproveitado".

A fábula mostra que devemos prestar socorro aos amigos nos momentos de necessidade, e não dizer ironias depois do desengano dos fatos.

| 253

O menininho que vomitava tripas

Um grupo de pessoas estava no campo imolando um boi e convidou para a refeição os moradores da vizinhança, entre os quais havia uma mulher pobretona, que veio acompanhada do filho. No decorrer da festança, o menininho, que depois de algum tempo começou a se empanturrar de tripas e de vinho, ficou com a barriga entufada e disse, sentindo-se mal: "Mãe, vou vomitar as tripas!". E a mãe lhe replicou: "As suas, não, filhote, mas as que você comeu!".

Esta fábula cai bem para um homem devedor, que está sempre pronto para tomar os pertences alheios, mas quando tem que devolvê-los aflige-se de tal modo como se estivesse entregando seus próprios pertences.

| 254

O menino e o corvo

Uma mulher foi consultar o oráculo a respeito de seu filho, que ainda era um bebê, e os adivinhos lhe predisseram que ele iria ser morto por um corvo. Apavorada, ela preparou uma arca bem grande e nela trancafiou o menino, atentando para que ele não fosse morto por um corvo. E assim foi levando a vida, abrindo a arca nas horas certas, para lhe oferecer o alimento necessário. Mas, certa vez, ela abriu a arca e, quando foi recolocar a tampa, o menino, inesperadamente, pôs a cabeça para fora. E foi assim que o ferrolho da tampa, o qual era em forma de corvo, despencou sobre a cabeça dele, matando-o.

A fábula mostra que o desígnio do destino é irrevogável.

| 255

O menino e o escorpião

Um menino estava caçando gafanhotos ao pé da muralha. Já havia catado vários quando avistou um escorpião e, crente de que fosse um gafanhoto, preparou-se para apanhá-lo com a mão em concha. Mas o escorpião arrebitou o ferrão e disse: “Ah, se você tivesse feito isso! Teria perdido até os gafanhotos que catou!”.

Esta fábula nos ensina que não devemos nos comportar da mesma forma com todo mundo, com os bons e com os maus.

| 256

O menino e o leão desenhado

[A fábula mostra] Que a pessoa deve suportar com coragem e sem subterfúgios aquilo que o destino lhe reserva, pois dele não pode escapar.

Um homem velho e medroso, pai de um único filho corajoso e afeiçoado à caça, viu, em sonho, esse filho ser morto por um leão. Temendo que fosse uma visão e que o sonho se mostrasse verídico, construiu um belíssimo aposento suspenso e lá manteve o filho protegido. E, para contentá-lo, também decorou o aposento com pinturas de animais de todas as espécies, entre as quais o desenho de um leão. O rapaz, contudo, quanto mais os contemplava, mais se enchia de dor. E, certa vez, parou diante do leão e disse: "Ô, fera terrível, por culpa sua e do sonho falso de meu pai estou encerrado numa prisão de mulher! O que devo fazer com você?". Ao dizer isso, deu um murro contra a parede, no intuito de cegar o leão. Foi então que uma farpa de madeira penetrou sob sua unha e provocou uma dor aguda e uma inflamação, que virou um tumor. Disso resultou uma febre alta, que fez o rapaz deixar a vida bem rápido. Assim, de nada lhe adiantou o artifício de seu pai, uma vez que o leão, embora fosse um mero desenho, acabou matando-o.

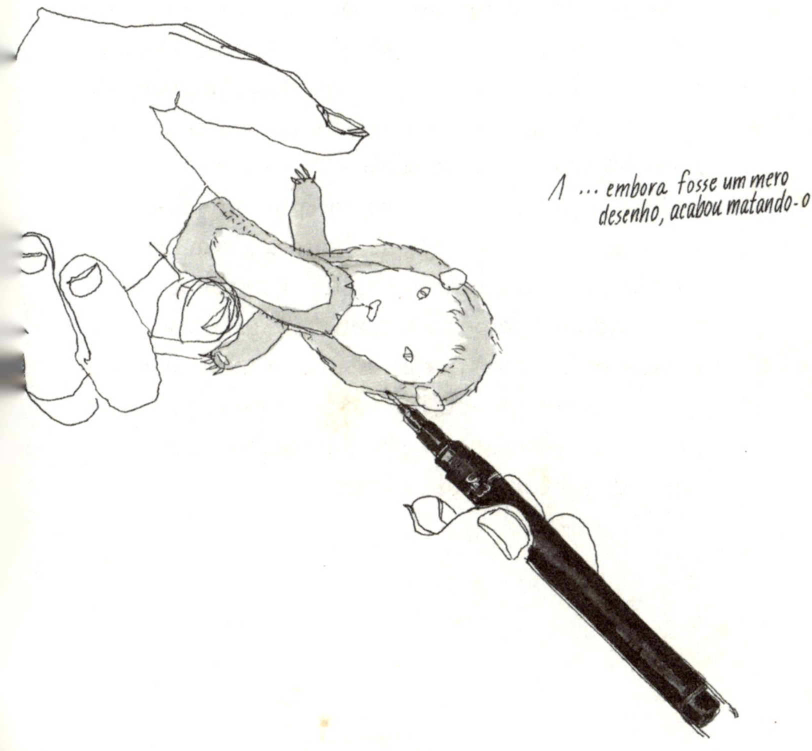

| 257

O menino ladrão e sua mãe

Um menino roubou, na escola, a lousinha de seu colega de classe e levou-a para sua mãe. E ela não o repreendeu; ao contrário, até o elogiou. Então, numa segunda oportunidade, ele roubou um manto e levou-o para a mãe. E, mais uma vez, ela o aceitou. O tempo foi passando e o menino foi crescendo e, quando se tornou um rapaz, já estava empreendendo roubos mais vultosos. Certa vez, porém, apanharam-no em flagrante e, enquanto o levavam, de mãos amarradas, para o carrasco, a mãe seguia atrás, esmurrando o próprio peito. Foi então que o rapaz pediu: "Eu queria falar uma coisa no ouvido de minha mãe". Ela, mais do que depressa, se achegou a ele, que, com uma mordida, lhe arrancou a orelha. E, quando ela se pôs a recriminar sua impiedade, ele disse: "Se você tivesse me dado uma surra naquele dia em que eu lhe trouxe aquela primeira lousinha que roubei, eu não teria chegado a esse ponto de ser conduzido à morte".

A fábula mostra que o que não se reprime no início aumenta cada vez mais.

| 258

O menino que estava tomando banho no rio

Certa vez um menino tomava banho no rio e estava quase se afogando, quando viu um viandante e o chamou em socorro. Ele, porém, repreendeu o menino, por seu comportamento abusado. Então o rapazinho lhe disse: “Mas, agora, trate de salvar-me e, depois, quando eu estiver a salvo, repreenda-me!”.

A fábula vale para aqueles que dão pretexto para receber tratamento injusto.

| 259

O milhafre e a serpente

Um milhafre pilhou uma serpente e saiu voando. Ela, no entanto, se voltou e lhe deu uma picada. Ambos despencaram do alto. O milhafre estava morto, mas a serpente lhe disse: "Que loucura foi essa? Você quis prejudicar os que não lhe fazem nenhum mal? Contudo você recebeu, pelo rapto, uma justa punição!".

[A fábula mostra] Que uma pessoa que se entrega à cobiça e comete injustiça contra os mais fracos, quando menos espera, lança-se contra um mais forte e, então, pagará também os males que praticou anteriormente.

| 260

Os milhafres e os cisnes

Fábula dos milhafres e dos cisnes, que exorta a não se tentar imitar o descabido.

Tal qual o canto dos cisnes era aquele que a natureza, nos primórdios, havia destinado aos milhafres. Mas eles, quando ouviram os relinchos dos cavalos, caíram de amores por aquela voz. E, como se puseram a tentar imitá-la, acabaram ficando sem aquela que possuíam, pois deixaram de exercitá-la. Portanto, não aprenderam a relinchar e desaprenderam de cantar.

Leva à perda daquilo que já se possui quando se imita aquilo que é descabido.

| 261

O morcego e as doninhas

Um morcego caiu no chão e foi apanhado por uma doninha. Quando viu que estava para ser morto, pediu por favor que ela o poupasse. Mas, como ela respondeu que não podia soltá-lo, inimiga que era por natureza de todos os pássaros, ele disse que não era passarinho, e sim rato. Dessa maneira, safou-se. Tempos depois ele tornou a cair e, ao ser apanhado por outra doninha, pediu que o soltasse. E como ela lhe respondeu que tinha bronca de todos os ratos, ele disse que não era rato, e sim morcego. E escapou de novo. E foi assim que, trocando de nome, ele se salvou duas vezes.

Pois é. Portanto, também nós não devemos persistir sempre nas mesmas atitudes, considerando que aqueles que se adaptam às situações escapam muitas vezes de sérios perigos.

| 262

O morcego, a sarça e a gaivota

Um morcego, uma sarça e uma gaivota formaram uma sociedade e decidiram dedicar-se ao comércio. Assim, o morcego tomou dinheiro emprestado e depositou-o num fundo comum; a sarça trouxe vestes grudadas em si e a terceira sócia, a gaivota, comprou cobre e embarcou-o num navio. E então puseram-se ao mar. Mas veio uma violenta tempestade e o navio foi a pique. E eles, embora tivessem perdido tudo, alcançaram a terra, sãos e salvos. Desde então, a gaivota mergulha fundo, presumindo que um dia encontrará o cobre. O morcego, por sua vez, não aparece de dia, com medo dos credores, e só sai à noite para caçar. E a sarça vive à procura de suas vestes e, para tentar reconhecê-las, se gruda nos mantos de quem passa perto dela.

A fábula mostra que damos mais importância para as coisas que estão vinculadas a nossos fracassos anteriores.

| 263

A mosca

Uma mosca caiu numa panela de carne e estava para se afogar no caldo quando disse para si: “Mas pelo menos eu comi, bebi e estou de banho tomado. Se eu morrer, pouco me importa!”.

A fábula mostra que os homens suportam bem a morte quando ela se aproxima sem tortura.

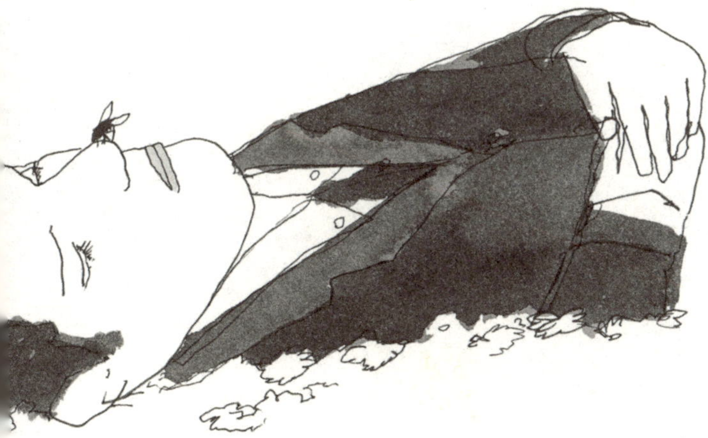

DE BANHO TOMADO

| 264
As moscas

Um enxame de moscas voejava numa despensa e comia do mel que transbordava. E por causa da doçura do alimento elas não se afastavam dali, até que ficaram com as patas grudadas e, sem conseguir alçar voo, foram se afogando no mel, dizendo: "Coitadas de nós, que estamos morrendo por causa de um pequeno prazer".

Assim, para muitos, a gulodice é causa de muitos males.

| 265
O mosquito e o leão

Um mosquito chegou para um leão e disse: “Eu não tenho medo de você, nem você é mais forte do que eu. Senão, que força tem você? Só porque arranha com essas garras e morde com esses dentes? Isso até uma mulher faz quando briga com o marido! Eu, sim, sou muito, mas muito mais forte que você. E, se quiser, vamos ao combate!”. E o mosquito fez soar a trombeta e investiu contra ele, picando sua cara sem pelo, ao redor das narinas. E o leão, tentando afastá-lo, se feria com suas próprias garras, até que acabou se rendendo. Então o mosquito, tendo vencido o leão, fez soar a trombeta, entoou um epinício, um canto de vitória, e ficou voando. E, depois, chocou-se com uma teia de aranha. Então, ao ser devorado, lastimou que ele, que lutava com animais enormes, estava sendo morto por um reles bicho como a aranha.

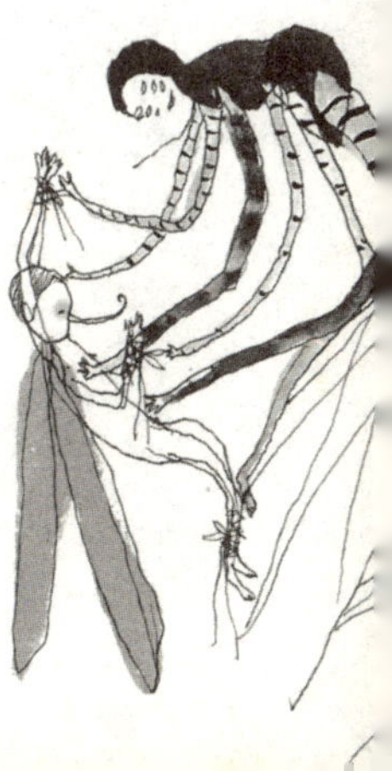

estava sendo morto
por um veles bicho...

| 266

O mosquito e o touro

Um mosquito pousou no chifre de um touro e lá ficou parado por um bom tempo. Quando estava para ir embora, perguntou ao touro se era de seu agrado que ele se fosse. Então o touro respondeu: "Mas nem notei quando você chegou, e tampouco vou notar se você for embora".

Esta fábula uma pessoa poderia usar para um homem imprestável, cuja presença ou ausência nem ajuda nem atrapalha.

| 267

A mula

Uma mula se empanturrou de cevada e, em seguida, se pôs a saltar, enquanto dizia para si bem alto: “Meu pai é um cavalo, rápido na corrida, e eu sou parecida com ele em tudo”. Veio, porém, o dia em que a necessidade obrigou a mula a correr. E quando a corrida chegou ao fim, ela, com cara de tacho, lembrou-se imediatamente de seu pai, o burro.

A fábula mostra que a pessoa não deve esquecer sua própria origem, ainda que as circunstâncias lhe confiram prestígio, pois a vida é instável.

| 268

A mulher e a galinha

Uma mulher viúva, dona de uma galinha que botava um ovo todos os dias, imaginou que, se lhe desse uma quantia maior de ração, ela botaria dois ovos por dia. A mulher, então, passou a fazer isso, mas sucedeu que a galinha engordou e não conseguia botar nem mesmo uma vez por dia.

A fábula mostra que os cobiçosos que estão sempre em busca de um lucro a mais perdem até o que já possuem.

| 269

A mulher e as servas

Uma mulher viúva e trabalhadeira costumava acordar suas jovens servas para os afazeres, ainda à noite, com o canto do galo. E elas, sempre exaustas, concluíram que precisavam torcer o pescoço daquele galo, imaginando que o responsável por seus sofrimentos era ele, que acordava a patroa à noite. Mas aconteceu que, com essa decisão, elas se afundaram em desgraças piores, pois a patroa, sem saber a hora dos galos, passou a despertá-las para o trabalho em hora mais noturna ainda.

Assim, para muitos homens, suas próprias decisões se tornam causa de males.

| 270

A mulher e o marido bêbado

Uma mulher tinha um marido bêbado e, no desejo de livrá-lo do vício, bolou o seguinte plano: ao notar que ele estava grogue de bebida e insensível feito um morto, ela o ergueu nos ombros, levou-o ao cemitério e, depois de acomodá-lo no chão, foi embora. Quando calculou que ele já estivesse novamente sóbrio, voltou lá e começou a bater na porta do cemitério. "Quem está batendo?", perguntou ele. E a mulher: "Sou eu, a pessoa que traz comida para os mortos!". E ele: "Ô, fulano, não me ofereça de comer, e sim de beber. Pois você me dá aflição ao fazer-me lembrar de comida, e não de bebida!". E ela, dando golpes no peito, disse: "Ai de mim, desgraçada! De nada adiantou meu plano. Você, marido, não só não aprendeu a lição, como ainda ficou pior, pois seu vício já se tornou um hábito".

A fábula mostra que não se deve persistir nas más ações, pois há um momento em que, mesmo que não se queira, o hábito se impõe ao homem.

| 271
A mulher feiticeira

Uma feiticeira que se oferecia para fazer encantamentos e esconjuros contra a ira dos deuses vivia sempre cheia de trabalho e, com ele, conseguia fartos recursos para viver. No entanto, algumas pessoas registraram queixa contra ela por causa dessas práticas e, levando-a ao tribunal sob a acusação de instituir novidades a respeito das coisas divinas, fizeram-na condenar à morte. Ao vê-la sendo retirada do tribunal, uma pessoa lhe disse: "Mas você, que alardeava rechaçar os rancores das divindades, como não conseguiu aplacar os seres humanos?".

Desta fábula pode servir-se uma pessoa em relação a uma mulher impostora que faz alarde de prodígios, mas se revela incapaz de realizações banais.

| **272**

O náufrago e Atena

Um ateniense rico navegava em companhia de outras pessoas, quando ocorreu uma forte borrasca e o navio soçobrou. Enquanto todos os outros pelejavam para nadar, o ateniense não parava de invocar a deusa Atena, fazendo-lhe mil promessas caso se salvasse. Então, um dos companheiros de naufrágio, que estava a seu lado tentando nadar, lhe disse: "Mas, com a ajuda de Atena, movimente o braço você também!".

Pois é. Portanto, também nós devemos agir, além de invocar os deuses, ainda que contemos com alguma ajuda em nosso favor.

| 273

O náufrago e o mar

Tendo sido arremessado à praia, um náufrago ali jazia, prostrado de fadiga. Pouco depois, levantou-se e, ao olhar o mar, começou a censurá-lo porque ele seduzia os homens com sua aparência tranquila, mas quando os tinha em seu poder se enfurecia e os destruía. Então o mar, assumindo a forma de mulher, lhe disse: “Mas não dirija censuras a mim, meu caro, e sim aos ventos. Por natureza eu sou tal qual você me vê neste momento. Mas eles me assaltam de repente, provocam ondas e me põem em fúria”.

Pois é. Portanto, também nós não devemos culpar aqueles que praticam atos injustos a mando de outros, e sim os que têm autoridade sobre eles.

| 274

Os navegantes

Um grupo de pessoas entrou num barco e saiu navegando. Quando estavam em alto-mar, veio uma tempestade descomunal e por pouco o navio não soçobrou. Então, um dos navegantes se pôs a rasgar suas vestes e a invocar, entre soluços e gemidos, os deuses pátrios, prometendo dedicar-lhes oferendas de ação de graças, caso eles o salvassem. Mas, assim que cessou a tempestade e retornou a bonança, eles se entregaram à algazarra, dançando e pulando, já que estavam livres do perigo inesperado. E o piloto, que se mantinha cauteloso, disse: "Nós temos que comemorar, amigos, mas sem esquecer que, se calhar, a tempestade ocorrerá novamente".

A fábula ensina a não nos apegarmos demasiado nos sucessos, tendo em mente a inconstância da fortuna.

| 275

A nogueira

Uma nogueira que ficava à beira de uma estrada e vivia recebendo pedradas dos que passavam por ela disse para si, gemendo: "Que desgraçada sou eu, que ano após ano proporciono a mim mesma agressões e dores".

A fábula [é oportuna] para aqueles que se afligem por causa de seus bens.

| 276

O noitibó e o morcego

Um noitibó cantava à noite, preso numa gaiola suspensa na janela. Ao ouvir seu canto, um morcego se aproximou e quis saber por que motivo ele ficava em silêncio de dia e cantava à noite. Ele respondeu que não era à toa que se comportava assim; o fato é que ele tinha sido apanhado de dia, enquanto cantava, e por isso desde aquele momento se tornara precavido. Disse-lhe, então, o morcego: “Mas naquele dia é que você devia ter sido cauteloso, antes de ser apanhado, e não agora, que não adianta mais!”.

A fábula mostra que, depois de ocorrida a desgraça, é inútil o arrependimento.

| 277

O onagro e o burro

Ao ver um burro carregando um pesado fardo, um onagro se pôs a desdenhar de sua escravidão, dizendo: "Eu é que sou afortunado, pois vivo em liberdade, levo a vida sem fastios e tenho nas montanhas pastagem à minha disposição. Você, ao contrário, recebe alimento de outrem e vive continuamente submisso à escravidão e a pancadas". Aconteceu, porém, que naquela mesma hora surgiu um leão, que nem chegou perto do burro, porque o burriqueiro o acompanhava; mas o onagro, que estava sozinho, ele atacou furiosamente e fez dele seu repasto.

Esta fábula mostra que os insubordinados e inflexíveis caem em desgraça de uma hora para outra, pois se deixam levar pela obstinação e prescindem de qualquer ajuda.

| 278

O orador Dêmades

Certa vez o orador Dêmades estava discursando para os atenienses, mas eles não lhe davam a menor atenção. Então ele pediu permissão para contar uma fábula esópica. Tendo eles consentido, começou a dizer: "Uma andorinha, uma enguia e Deméter iam por um mesmo caminho e, quando chegaram a um rio, a andorinha voou e a enguia mergulhou". Disse isso e calou-se. "E Deméter, o que aconteceu com ela?", perguntaram. E ele respondeu: "Ela está zangada com vocês, que deixaram de lado os assuntos políticos para se ligar em fábulas esópicas".

Assim, também, dentre os homens, são irracionais aqueles que negligenciam os negócios prementes e dão preferência aos afazeres prazerosos.

| 279

A ovelha que estava sendo tosquiada

Uma ovelha que estava sendo tosquiada de maneira indevida disse ao tosquiador: “Se você quer lã, corte mais acima. Mas se é a minha carne que você deseja, mate-me de uma vez e pare de torturar-me aos poucos”.

Para os que exercem de modo impróprio seus ofícios, a fábula cai bem.

Mate-me de uma vez

P

| 280

O pai e as filhas

Um homem, pai de duas filhas, deu uma em casamento a um hortelão e a outra a um oleiro. Passado algum tempo, ele foi visitar a casada com o hortelão e lhe perguntou como estava e como iam os negócios. Ela disse que eles tinham fartura e que só pedia aos deuses uma única coisa: que viessem o mau tempo e a chuva, para regar as hortaliças. Logo depois, ele foi ver a casada com o oleiro e perguntou-lhe como estava. Ela disse não lhe faltava nada e que a única coisa que pedia é que o tempo continuasse claro e que o Sol brilhasse, para a cerâmica secar. O pai, então, lhe respondeu: "Se você pede Sol e sua irmã pede chuva, a qual das duas vou juntar-me nas preces?".

Assim, os que empreendem diferentes tarefas ao mesmo tempo com razão fracassam em todas elas.

| 281
As panelas

[A fábula mostra] Que vive em desassossego o pobre que mora vizinho de um patrão ladrão.

Uma panela de barro e uma de cobre estavam sendo levadas rio abaixo. Então a de barro disse para a de cobre: "Nade bem longe de mim e não chegue perto. Ao menor esbarrão eu me quebro, mesmo que eu esbarre sem querer".

| 282

A parede e a estaca

Uma parede, ao ser perfurada violentamente por uma estaca, gritou: “Por que você está me arrombando, se não lhe fiz nenhum mal?”. E respondeu a outra: “Não sou eu a culpada, e sim quem está me golpeando por trás com toda a força!”.

| 283

O passarinheiro e a cegonha

Um passarinheiro estendeu redes com visgo e ficou espreitando a caça de longe. E, assim que uma cegonha pousou entre os visgos, ele foi correndo apanhá-la. Ela, então, lhe pediu que a soltasse, dizendo que não era nociva aos homens; bem ao contrário, era muito útil, pois apanhava e matava as serpentes e os demais répteis. Então o passarinheiro respondeu: “Mas se realmente você não é maléfica, merece punição exatamente por isto: por envolver-se com malvados”.

Pois é. Portanto, também nós devemos evitar o convívio com os malvados, para não passar a impressão de sermos coniventes com a maldade deles.

| 284

O passarinheiro e a cotovia

Um passarinheiro montou armadilhas para pássaros. Então uma cotovia, que o observava, perguntou o que ele estava fazendo. Ele respondeu que estava construindo uma cidade e, em seguida, afastou-se dali. E a cotovia, que dera crédito às palavras do homem, aproximou-se da armadilha e, ao comer a isca, sem perceber ficou presa no laço. Então ela disse ao passarinheiro, que veio correndo pegá-la: "Mas se você, meu caro, construir cidades como essa, não irá encontrar muitos moradores!".

A fábula mostra que casas e cidades se esvaziam mais ainda quando os administradores são insuportáveis.

| 285

O passarinheiro e a perdiz

Já era tarde da noite quando um passarinheiro recebeu um hóspede em casa. E, como não tivesse o que lhe oferecer, avançou sobre sua perdiz domesticada, e estava prestes a sacrificá-la quando ela começou a chamá-lo de mal-agradecido, pois inúmeras vezes lhe tinha sido útil, sempre que atraía suas semelhantes para as mãos dele. E agora ele ia matá-la!? Então o passarinheiro rebateu: "Mas é bem por isso que vou matar você, pois nem suas semelhantes você poupa!".

A fábula mostra que aqueles que traem os parentes conquistam o ódio não só dos injustiçados, como também dos que se beneficiam da traição.

| 286

O passarinheiro e as pombas

Um passarinheiro estendeu as redes e prendeu nelas algumas pombas domésticas. Em seguida, ficou parado a uma certa distância, espreitando o que ia acontecer. Assim que algumas pombas agrestes chegaram perto e se enroscaram nos laços, ele correu para apanhá-las. Então elas culparam as pombas domésticas, dizendo que essas, mesmo sendo suas irmãs de raça, não as alertaram da armadilha. E aquelas, em resposta, disseram: “Mas é melhor nos proteger dos patrões do que alegrar nossos parentes!”.

Assim, também, não merecem censura os servos que, por afeição aos patrões, põem de lado a consideração pelos próprios parentes.

| 287

O pastor brincalhão

Um pastor tangia seu rebanho para bem longe da aldeia e passava o tempo se divertindo com a seguinte brincadeira: punha-se a gritar aos aldeões por socorro, dizendo que havia lobos atacando suas ovelhas. E os aldeões, por duas ou três vezes, saíram aturdidos em disparada e, depois, voltaram para trás, ridicularizados. Mas por fim aconteceu que os lobos vieram de verdade e, enquanto iam estraçalhando o rebanho, o pastor se pôs a pedir socorro aos aldeões. Mas estes, crentes de que ele estivesse brincando, como de costume, pouco se importaram. E assim se deu que o pastor ficou sem suas ovelhas.

A fábula mostra que os mentirosos só têm este lucro: não merecem crédito nem quando dizem a verdade.

| 288

O pastor de cabras e as cabras selvagens

Um pastor tocou suas cabras para o pasto e, ao vê-las confundidas com cabras selvagens, tangeu todas juntas, ao anoitecer, para sua gruta. No dia seguinte, uma forte borrasca o impediu de levá-las à costumeira pastagem. Então ele se pôs a cuidar delas lá dentro: às suas próprias cabras dava comida na quantia exata para elas não sentirem fome, mas às estranhas adicionava muito mais, no intuito de tomá-las para si. Findo o temporal, ele as conduziu todas juntas para o pasto, mas as cabras selvagens, quando alcançaram os montes, puseram-se em fuga. O pastor começou a acusá-las de ingratidão, visto que o estavam deixando após terem recebido tratamento diferenciado. Elas, então, se voltaram e disseram: "Mas é por isso mesmo que ficamos mais alertas, pois se você, desmerecendo suas companheiras de longa data, concedeu privilégios a nós, que só ontem nos tornamos suas conhecidas, é claro que, mais tarde, se outras cabras também surgirem, você dará primazia a elas e não a nós!".

A fábula mostra que não devemos acolher os afetos das pessoas que concedem privilégios a nós, seus amigos recentes, em detrimento dos amigos de longa data. Devemos considerar que, mesmo que nossa amizade se torne duradoura, elas vão sempre dar preferência para aqueles com quem venham a travar amizade.

| 289

O pastor e as ovelhas

Um pastor tangeu suas ovelhas para um bosque de carvalhos e, quando viu uma árvore enorme carregada de bolotas, estendeu embaixo seu capote e, depois, trepou nela para sacudir os frutos. As ovelhas foram comendo as bolotas e, sem perceber, comeram juntamente o capote. Quando o pastor desceu e viu o que acontecera, disse: "Ô, bichos terríveis, vocês fornecem lã para as vestimentas dos outros e a mim, que lhes devoto cuidados, me deixam até sem o capote!?".

Assim, muitos homens beneficiam, por ignorância, quem não tem nada a ver com eles e se comportam mesquinhamente com seus familiares.

| 290

O pastor e o cão

Um pastor tinha o costume de deixar para seu cão, que era enorme, as ovelhas natimortas e as moribundas. Mas eis que um dia, quando o rebanho já havia entrado no redil, o pastor notou que o cão se aproximava das ovelhas fazendo festa para elas. Então o pastor lhe disse: "Ei, meu caro, tomara que reverta sobre sua cabeça o que você está querendo com elas!".

Para homem adulador a fábula é oportuna.

| 291

O pastor e os lobinhos

Um pastor encontrou filhotes de lobo e se pôs a cuidar deles com muito zelo, presumindo que, quando adultos, não só iriam vigiar suas ovelhas como também roubar outras e trazê-las para ele. Os filhotes cresceram, mas, assim que tiveram uma brecha, a primeira coisa que fizeram foi dizimar o rebanho do pastor. Ele disse, gemendo: "Mas é bem feito para mim! Por que é que fui salvar esses bichos, quando eram novinhos, se era preciso matá-los quando adultos?".

Assim, as pessoas que salvam os malvados não percebem que serão as primeiras vítimas da maldade que elas próprias fortaleceram.

| 292

O pastor e o lobo criado com os cães

Ao encontrar um filhote de lobo recém-nascido, um pastor o recolheu, levando-o para crescer em companhia de seus cães. O filhote, depois de crescido, saía junto com os cães no encalço de qualquer lobo que tivesse roubado uma ovelha. Mas, quando os cães não conseguiam agarrar o lobo e por isso recuavam, o filhote crescido, ao contrário, prosseguia até agarrá-lo e compartilhar da caça, pois, afinal, também era lobo. Só depois é que voltava. E, se nenhum lobo de fora roubasse uma ovelha, ele próprio às escondidas sacrificava uma e a devorava em companhia dos cães. Foi assim até que o pastor, desconfiado, ao compreender o que se passava, pendurou o lobo numa árvore e o matou.

A fábula mostra que de uma natureza malvada não se forma um caráter honesto.

| 293

O pastor que criava um lobo

[A fábula mostra] Que as pessoas de natureza perigosa, quando instruídas em roubar e em levar vantagem, muitas vezes prejudicam até mesmo quem as instruiu.

Um pastor encontrou um lobo pequenino e passou a criá-lo. Tempos depois, quando ele já era grande, ensinou-o a roubar dos rebanhos vizinhos. E o lobo, já instruído, disse: "Agora que você me acostumou a roubar, veja lá se não vai dar falta de muitas de suas próprias ovelhas!".

| 294

O pastor [que levava um lobo ao aprisco] e o cão

Um pastor levava as ovelhas ao aprisco
e, com elas, um lobo. Ia trancá-los juntos,
não fosse o cão, notando o perigo, alertá-lo:
"Como você quer proteger suas ovelhas,
pondo para dentro um lobo com o rebanho?".

*[A fábula mostra]
Que o convívio com
os malvados é capaz
de causar danos
enormes e contribuir
para a morte.*

| 295

O pastor e o mar

Um pastor pastoreava seu rebanho num local à beira-mar e, enquanto contemplava o mar calmo e sereno, sentiu desejo de viver da navegação. Vendeu então as ovelhas, comprou tâmaras de palmeiras e, após carregar um navio, lançou-se ao mar. No entanto, o navio soçobrou, em decorrência de uma forte tempestade, e o homem, tendo perdido toda a carga, conseguiu a duras penas chegar a nado à terra. E já estava de volta a bonança quando ele, ao ver uma pessoa em terra enaltecendo a mansidão do mar, observou: "Caríssimo, esse aí está querendo suas tâmaras!".

Assim, muitas vezes, os sofrimentos se tornam, para os homens ajuizados, ensinamentos.

| 296

O pavão e o gaio

Estavam as aves deliberando a respeito do poder real, quando um pavão achou que merecia ser aclamado rei por causa de sua formosura. E, como as aves estavam dispostas a votar nele, um gaio disse: “Mas se você for o rei, como vai nos socorrer se uma águia vier atrás de nós?”.

A fábula mostra que os soberanos devem exibir como adorno não a beleza, mas o poder.

| 297

O pavão e o grou

Um pavão zombava de um grou, ridicularizando sua cor e dizendo assim: “Eu me visto de dourado e de púrpura, enquanto você não tem nenhuma beleza em suas asas”. E o grou respondeu: “Mas eu solto minha voz bem perto dos astros e voo no alto do céu, enquanto você caminha aqui embaixo, no meio de galinhas, feito um galo”.

[A fábula mostra] Que é melhor uma pessoa ser malvestida e ilustre do que viver se gabando de sua riqueza, mas no anonimato.

| 298

A perdiz e o homem

Um homem caçou uma perdiz e já estava para puxar seu pescoço quando ela se pôs a dizer, suplicando: “Deixe-me viver e, em compensação, eu lhe caçarei muitas perdizes”. Ele respondeu: “Mais um motivo para eu puxar seu pescoço, pois você está querendo fazer uma emboscada para seus amigos e companheiros”.

[A fábula mostra]
Que quem faz
tramoias contra
os amigos acaba
caindo nas malhas
dos perigos.

| 299

O periquito e a doninha

Um homem comprou um periquito e deixou-o solto a brincar pela casa. E ele, que era domesticado, foi num salto pousar sobre a lareira e lá ficou, alegre, a papagaiar. Então uma doninha o viu e indagou quem era ele e de onde viera. “O dono me comprou há pouco”, respondeu ele. “Ora, ora, seu bicho atrevido”, disse ela, “você, que é novo aqui, ousa estrilar desse jeito, enquanto eu, que nasci nesta casa, não tenho liberdade; ao contrário, se alguma vez me atrevo a fazer isso, os donos me enxotam, enfezados. E você ousa sem temor algum expressar-se livremente!” E o periquito retrucou: “Sai prá lá, dona da casa! É que a minha voz não causa aos donos tanto incômodo como a sua!”.

Para homem maldoso, que se põe a jogar sempre a culpa nos outros.

| 300

O pescador e a anchova

Um pescador estendeu a rede e pegou uma anchova. Ela, então, lhe suplicou que não a retivesse naquele momento, por ser ainda miudinha, mas que a pegasse mais tarde, já crescida, para um proveito maior. O pescador lhe respondeu: "Mas eu seria muito ingênuo se, tendo nas mãos um ganho, fosse atrás de uma esperança invisível".

A fábula mostra que o lucro presente, mesmo pequeno, é preferível ao lucro futuro, ainda que grande.

| 301

O pescador, os peixes graúdos e os miúdos

Um pescador arrastou do mar sua rede e, enquanto pegava os peixes graúdos e os dispunha no chão, os miúdos escaparam, por entre as malhas, de volta ao mar.

[A fábula mostra] Que fácil é a salvação para os que não são demasiado prósperos, ao passo que raramente se vê escapar dos perigos uma pessoa que goza de grande reputação.

| 302

O pescador que batia a água

Um pescador chegou a um rio para pescar e estendeu a rede, de modo a cercar a correnteza de uma margem à outra. Em seguida, pôs-se a bater a água com uma pedra amarrada na ponta de uma corda de linho, para espantar os peixes e fazê-los cair distraidamente nas malhas. Então um dos moradores das imediações, ao vê-lo agindo daquele modo, chamou-lhe a atenção por turvar o rio e não permitir que eles bebessem a água limpa. "Mas se o rio não ficar turvo", respondeu ele, "eu é que terei de morrer de fome!"

Assim, também, os demagogos da cidade têm excelente atuação no momento em que levam as nações à discórdia.

| 303

O pescador que tocava flauta

Um pescador, hábil na arte de tocar flauta, pegou suas flautas e redes e foi para o mar. Instalado sobre uma rocha proeminente, começou a tocar, imaginando que os peixes viriam por si mesmos saltando até ele, atraídos pelo som agradável. Mas, embora tivesse insistido bastante, não obteve sucesso. Então se desfez das flautas, pegou a rede, lançou-a na água e pescou muitos peixes. Depois, retirou-os das malhas, sobre a praia, e ao ver que eles estavam pulando disse: "Ô, bichos miseráveis, quando eu tocava flauta vocês não dançavam, e agora que eu já parei estão fazendo assim!?".

| 304

Os pescadores e o atum

Um grupo de pescadores saiu para pescar e, depois de longo tempo de sofrimento, não pegou nada. Desanimados, os pescadores ficaram sentados no barco. Nisso, um atum, que estava sendo perseguido, surgiu fazendo muito espalhafato e, sem se dar conta, saltou para dentro da barca. Então eles o pegaram, levaram à cidade e o venderam.

Assim, muitas vezes o que a arte não proporciona a sorte concede como prêmio.

| 305

Os pescadores que pescaram uma pedra

Um grupo de pescadores estava puxando uma rede. E, como ela estivesse pesada, eles começaram a dançar, eufóricos, imaginando que a pesca era farta. Quando, porém, arrastaram a rede para a praia e viram que os peixes eram poucos e que a rede estava cheia de paus e pedras, ficaram desacorçoados. O desânimo advinha não tanto do fato em si quanto da expectativa frustrada. Foi então que um deles, uma pessoa idosa, lhes disse: "Companheiros, vamos parar com isso! A alegria, ao que parece, é irmã da tristeza, e nós, que de antemão ficamos tão felizes, precisávamos de qualquer modo experimentar também algum desgosto!".

Pois é. Portanto, também nós quando vemos a facilidade com que se dão as mudanças na vida, não devemos nos deleitar sempre com as mesmas coisas, considerando que, depois da bonança, é inevitável que venha a tempestade.

| 306

A pomba e a gralha

Uma pomba criada em pombal se gabava de sua fertilidade. Então uma gralha, ao ouvir suas palavras, disse: “Mas pare com essa gabolice, minha cara, pois quanto mais filhotes você tiver, maior número de escravos terá que deplorar”.

Assim, também, dentre os servos, os mais desafortunados são os que geram filhos na escravidão.

| 307

A pomba sedenta

Uma pomba, premida pela sede, viu uma vasilha de água desenhada num quadro. Pensando que fosse de verdade, precipitou-se com muito estardalhaço e, quando se deu conta, havia se chocado contra o quadro. Deu-se, então, que as bordas de suas asas se quebraram e ela caiu no chão, sendo, em seguida, apanhada por uma pessoa que estava por ali.

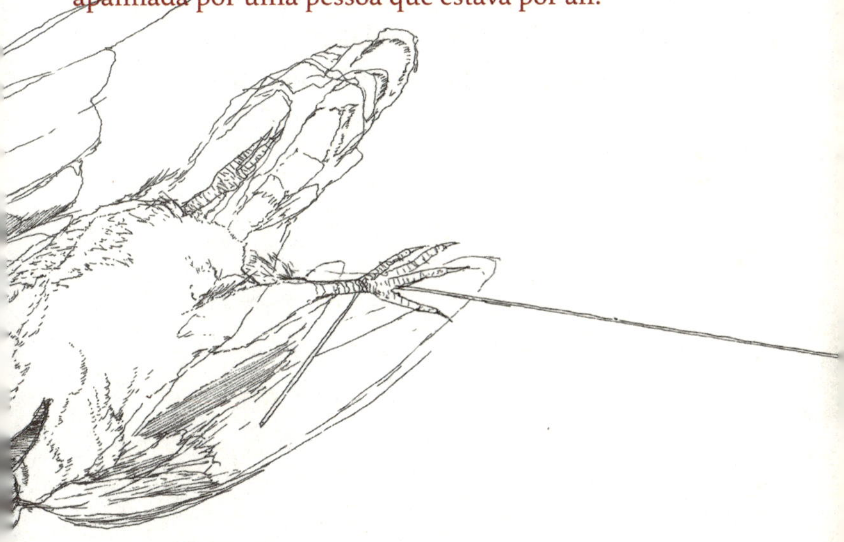

Assim, alguns homens que, movidos por um violento desejo, empreendem tarefas imprevidentemente encaminham-se à perdição.

| 308

A porca e a cadela

Uma porca e uma cadela se desentenderam e estavam num bate-boca. A porca jurava por Afrodite que, se a cadela não parasse, iria rasgá-la a dentadas. E a cadela dizia que a porca não estava fazendo a coisa certa, pois Afrodite a odiava, a ponto de não deixar entrar em seu templo uma pessoa que tivesse comido carne de porco. Então a porca deu o troco: "Sua chata! Não é por ódio que ela age assim comigo, mas por cuidado, para que ninguém me mate!".

Assim, os oradores avisados muitas vezes convertem em elogios os insultos proferidos pelos adversários.

| 309

A porca e a cadela [disputando fertilidade]

Uma porca e uma cadela estavam discutindo para ver quem era mais fértil. E quando a cadela disse que era a única dentre os quadrúpedes a ter uma gestação curta, a porca retrucou: "Mas, ao dizer isso, reconheça que suas crias nascem cegas!".

A fábula mostra que as tarefas devem ser julgadas não pelo tempo despendido, mas pelo bom acabamento.

| 310

Prometeu e os homens

Por ordem de Zeus, Prometeu criou os homens e os bichos. Mas, quando Zeus viu que os animais irracionais eram bem mais numerosos, mandou Prometeu eliminar alguns deles, transformando-os em seres humanos. Prometeu cumpriu a determinação e o resultado foi que aqueles que não foram no início criados como homens têm forma humana, mas almas bestiais.

A fábula reprova o homem irascível e bestial.

| 311

A pulga e o atleta

Certa vez uma pulga, num salto, pousou no dedo do pé de um atleta que se exibia num desfile. Saltitante, a pulga sapecou-lhe uma mordida. O atleta se enfureceu e preparou as unhas, pronto para esmagar a pulga, quando ela, num impulso, deu o salto costumeiro e desapareceu, escapando da morte. Ele, então, se lamentou, dizendo: "Ó Héracles, se a coisa é assim contra uma pulga, que amparo terei de você contra meus adversários?".

Pois é. Portanto, a fábula nos ensina que não devemos de pronto invocar os deuses nas questões insignificantes e inofensivas, mas só nas emergências.

| 312

A pulga e o boi

Certa vez uma pulga perguntou ao boi: “Por que sofrer dia após dia como servo dos homens, se você é assim tão corpulento e corajoso? Ao contrário de você, eu dilacero o corpo humano sem dó e bebo com avidez seu sangue”. E o boi respondeu: “Não sou ingrato à raça humana, pois deles recebo estima e agrados fora do comum, e constantemente eles me afagam a testa e o dorso”. E ela: “Mas esse afago que você acha gostoso se torna deplorável para uma desgraçada como eu, quando calha de eles me apertarem!”.

[A fábula mostra] Que os que dizem gabolices são refutados até pelos simples.

| 313

A pulga e o homem

Certa vez uma pulga molestava um homem,
mas eis que ele a apanha e lhe diz aos berros:
"Quem é você, que me consome os membros todos,
dando-me picadas a torto e a direito?".
Ela grita: "É a nossa vida, não me mate.
Pois um grande mal não sou capaz de fazer".
E, rindo, o homem lhe disse em resposta:
"Já, já você estará morta entre meus dedos,
pois todo mal, seja ele grande ou pequeno,
não convém jamais que vire realidade".

*A fábula mostra
que o homem mau
não merece piedade,
ainda que ele seja
grande ou pequeno.*

IR

| 314

A rã médica e a raposa

Certa vez, havia num brejo uma rã que gritava para todos os animais: "Eu sou médica, especialista em todos os tipos de remédios!". Ao ouvi-la, disse uma raposa: "Se você, que manquitola, não cura sua própria deficiência, como é que vai salvar os outros?".

A fábula mostra que, se alguém é leigo em educação, como poderá educar os demais?

| 315

As rãs que pediam um rei

Chateadas por viverem sem governo, as rãs enviaram a Zeus embaixadores pedindo que lhes desse um rei. E o deus, vendo como elas eram ingênuas, lançou no brejo um pedaço de pau. De imediato, as rãs, sobressaltadas com o barulho, se mandaram para o fundo do brejo. Mas depois, como o pau não se mexia, elas voltaram à tona e chegaram a tal ponto de descaso que trepavam nele e lá ficavam empoleiradas. Decepcionadas com um rei como aquele, as rãs foram a Zeus uma segunda vez para pedir que lhes trocasse o governante, pois aquele primeiro era muito bonachão. Foi aí que Zeus perdeu a paciência e lhes mandou uma cobra-d'água, que agarrou e devorou todas elas.

A fábula mostra que é melhor ter chefes indolentes e sem maldade do que chefes turbulentos e maldosos.

| 316

As rãs que procuravam água

No verão, quando o brejo secou, duas rãs que nele viviam saíram à procura de outro. Quando encontraram um poço fundo, uma propôs à outra que saltassem nele. Esta respondeu: “Mas se este poço também secar, como vamos sair?”.

A fábula mostra que não devemos nos lançar irrefletidamente às tarefas.

| 317

As rãs vizinhas

Duas rãs moravam vizinhas, uma num brejo fundo e afastado da estrada, a outra numa pequena poça no meio da passagem. E a que morava no brejo estimulava a outra a mudar-se para junto dela, pois desfrutaria de uma vida melhor e mais segura. Mas aquela não se deixava convencer, dizendo que não era fácil deixar o lugar de hábito. Até que, um dia, uma carroça passou ali e a esmagou.

Assim, também, os homens que se prendem a ocupações mesquinhas perecem logo, antes mesmo de se voltarem para ocupações mais nobres.

| 318

O rapazote e a velha

Um rapazote ia por um caminho num dia de calor ardente e encontrou por acaso uma velhota, que foi seguindo pelo mesmo caminho em companhia dele. De repente, a velhota desmaiou por conta do calor ardente e da fadiga da caminhada. O rapaz, condoído de sua fragilidade, pois ela estava sem forças para prosseguir, ergueu-a do chão e pôs-se a carregá-la nos ombros. Enquanto a levava, sentiu-se terrivelmente perturbado com certos pensamentos indecentes, nutridos pelo furor da libertinagem e do intenso desejo, que lhe puseram o falo a prumo. Imediatamente ele depôs a velhota no chão e começou a fazer com ela um ato libidinoso. Ela, então, perguntou, sem malícia: "O que é isso que está agindo em mim?". Ele respondeu: "Você é pesada e por isso resolvi desbastar um tanto de sua carne". Disse isso e concluiu a safadeza com ela. Em seguida, tornou a erguê-la do chão e colocou-a nos ombros. Ele havia percorrido uma pequena extensão do caminho, quando a velha disse: “Se você acha que meu peso ainda está insuportável, ponha-me no chão e desbaste mais carne de meu corpo”.

Esta fábula mostra que alguns homens saciam um desejo pessoal e, depois, alegam que praticaram a ação inocentemente, tentando passar a ideia de que, premidos pela necessidade, praticaram outra coisa, e não aquela que deveras praticaram.

| 319

Os rapazotes e o açougueiro

Dois rapazotes foram a um açougue comprar carne e, enquanto o açougueiro estava distraído, um deles roubou um pé de porco e enfiou-o sob as dobras da veste do outro. Quando o açougueiro deu por fé, começou a procurar o pé de porco e passou a acusar os rapazes. Mas aquele que pegou jurava que não estava com ele e o outro, que estava com o pé de porco, jurava que não o tinha pegado. E o açougueiro, ao perceber a malandragem, disse: “Mas ainda que vocês se safem de mim por meio de falsos juramentos, dos deuses vocês não vão se safar de jeito nenhum!”.

A fábula mostra que a impiedade do perjúrio é a mesma, ainda que sob o disfarce de sofismas.

| 320

A raposa ajudante do leão

Fábula da raposa, exortando a não sonhar muito alto.

Uma raposa era companheira de um leão na qualidade de sua ajudante: ela farejava as caças e ele caía sobre elas, agarrando-as. Decerto, cada um deles recebia uma porção, separada em conformidade com o mérito. Mas a raposa, tomada de inveja do leão por causa de suas porções maiores, achou melhor ir à caça em vez de farejar, e quando foi agarrar um animal de um rebanho viu-se como o principal alvo de perseguição dos caçadores.

É melhor servir em segurança do que exercer o mando em desamparo.

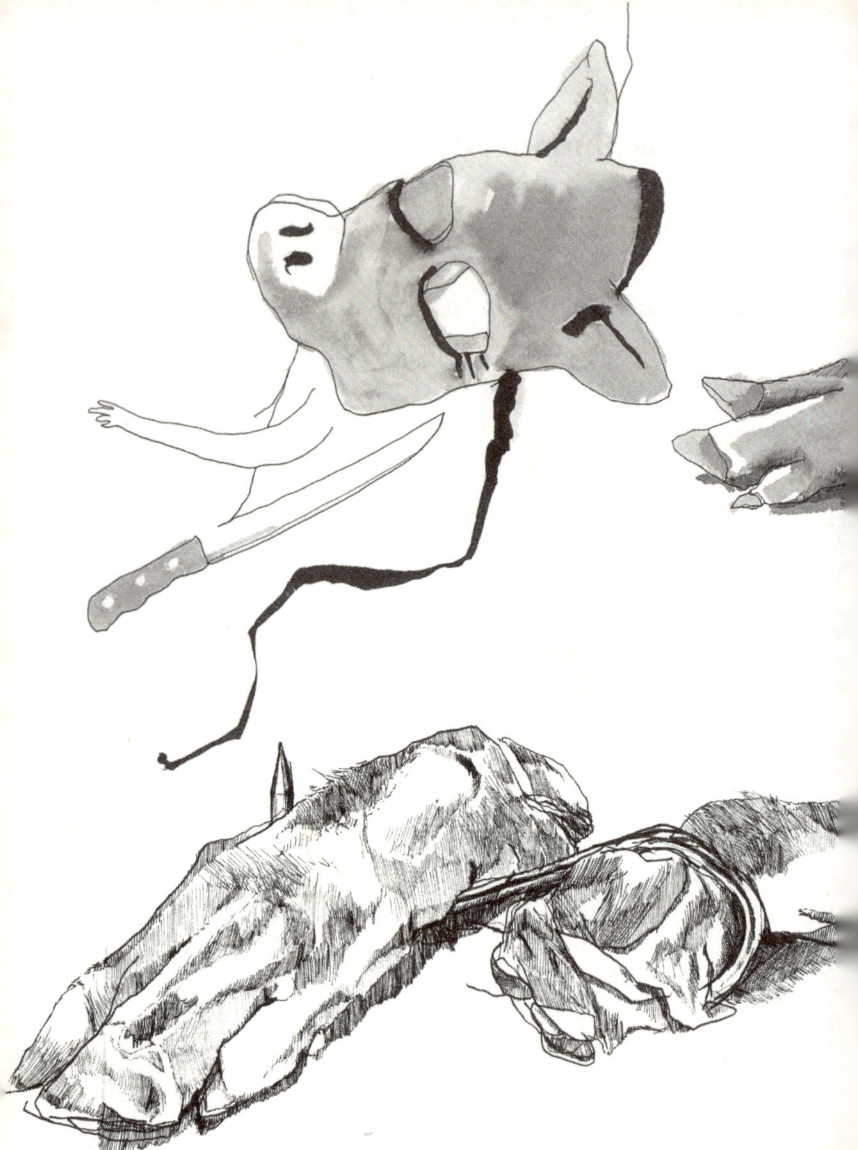

| 321

A raposa ao ver um leão

Uma raposa que jamais tinha visto um leão deparou acidentalmente com um e, por ser a primeira vez que o via, ficou tão perturbada que quase morreu. Já na segunda vez que topou com ele, sentiu medo, sim, mas não tanto como da primeira vez. E, ao vê-lo pela terceira vez, foi tão ousada que até chegou perto e conversou com ele.

A fábula mostra que o hábito suaviza até as coisas aterradoras.

| 322

A raposa cotó

Depois que teve o rabo amputado numa armadilha, uma raposa se encheu de vergonha e começou a achar a vida insuportável. E concluiu que precisava induzir também as outras raposas ao mesmo estado, para ocultar, sob o padecimento comum, seu próprio defeito. Então, reuniu todas as raposas e incentivou-as a cortarem o rabo, dizendo que ele era não só um estorvo, mas também um peso supérfluo grudado nelas. Uma delas, porém, retrucou: “Ei, minha cara, mas se não lhe conviesse você não nos daria esse conselho”.

Esta fábula se aplica àqueles que dão conselhos ao próximo, pensando não no bem do outro, mas em seus próprios interesses.

| 323

A raposa de barriga estufada

Ao ver no oco de um carvalho carnes e pães deixados por pastores, uma raposa faminta se enfiou lá e comeu tudo. E depois, de barriga estufada, ficou gemendo e suspirando, porque não conseguia sair. Então, outra raposa que passava por lá ouviu os gemidos, aproximou-se e quis saber o motivo. Ao saber do ocorrido, disse-lhe: "Você terá que ficar aí até voltar a ser o que era quando entrou. Só assim poderá sair com facilidade".

A fábula mostra que o tempo soluciona os problemas difíceis.

| 324

A raposa e a máscara

Uma raposa foi à oficina de um escultor e começou a fuçar nos objetos que lá estavam. Ao deparar com uma máscara de ator de tragédia, ergueu-a e disse: “Oh! Que cabeça! Mas não tem cérebro!”.

A fábula [é oportuna] para homens de corpo magnífico mas de alma irracional.

| 325

A raposa e a pantera

Raposa e pantera discutiam para ver qual das duas era a mais bela. E, como a pantera mencionava a todo instante o colorido mosqueado de seu corpo, a raposa retrucou: “E eu, então! Quanto não sou mais bela que você, eu, que tenho esse colorido não no corpo, mas na alma!”.

A fábula mostra que superior à beleza do corpo é o adorno da inteligência.

| 326

A raposa e o bode no poço

Uma raposa caiu num poço e viu-se forçada a ficar lá, pois não tinha como vencer a subida. Nisso, um bode, compelido pela sede, foi ao mesmo poço e, ao vê-la, perguntou se a água era boa. Empolgada com a coincidência, ela se estendeu em elogios à água, dizendo que era de boa qualidade, e o incentivou a descer também. E o bode, que naquele momento só tinha olhos para seu desejo, pulou no poço sem maiores cuidados e, enquanto matava a sede, foi examinando a subida com a raposa. Ela disse, então, que já tinha um plano concebido para a salvação de ambos: “Se você topar, apoie suas patas dianteiras na parede e endireite os chifres, que eu vou subir pelo seu dorso e, depois, puxarei também você para cima”. Bastou uma segunda insistência para o bode sujeitar-se prontamente. Então, a raposa foi saltando pelas pernas dele, subiu em seu dorso e, a partir daí, apoiando-se nos chifres, alcançou a boca do poço. E, depois que subiu, foi indo embora. E, como o bode se pôs a recriminá-la por ter desrespeitado o acordo, ela se voltou e disse: "Meu caro, se você tivesse de juízo o mesmo tanto de pelos que tem na barbicha, não teria descido sem antes ter examinado a subida".

Assim, também, os homens prudentes devem primeiro considerar o desenvolvimento completo de seus projetos, e só depois empreendê-los.

| 327

A raposa e o cacho de uvas

Uma raposa faminta avistou cachos de uvas suspensos numa parreira. Quis alcançá-los, mas não conseguiu. Indo embora, disse para si: “Estão verdes!”.

*Assim, também,
certos homens que,
por incapacidade,
não conseguem
realizar seus
negócios culpam
as circunstâncias.*

| 328

A raposa e o crocodilo

Uma raposa e um crocodilo puseram-se a discutir a respeito da nobreza de suas linhagens. O crocodilo fez um longo relatório sobre a distinção de seus ancestrais e, por fim, disse que seus pais haviam sido diretores de uma escola de ginástica. E a raposa replicou: “Mas mesmo que você não dissesse, dá para ver, pela sua pele, que faz muitos anos que você não faz ginástica!”.

Assim, também, os fatos refutam os homens mentirosos.

| 329

A raposa e o espinheiro

Uma raposa estava tentando pular uma sebe, quando escapou de um escorregão apoiando-se num espinheiro. Ela sofreu arranhões na planta das patas e, vendo-se naquela terrível situação, culpou o espinheiro; afinal, ao refugiar-se nele em busca de socorro, recebera um tratamento pior do que aquele que ela pretendera evitar. E o espinheiro retrucou, dizendo: “Mas você ficou louca? Foi querer se agarrar justamente em mim, que tenho o costume de me agarrar em tudo!”.

A fábula mostra que assim, também, são tolos os homens que recorrem a protetores que nasceram com vocação para a injustiça.

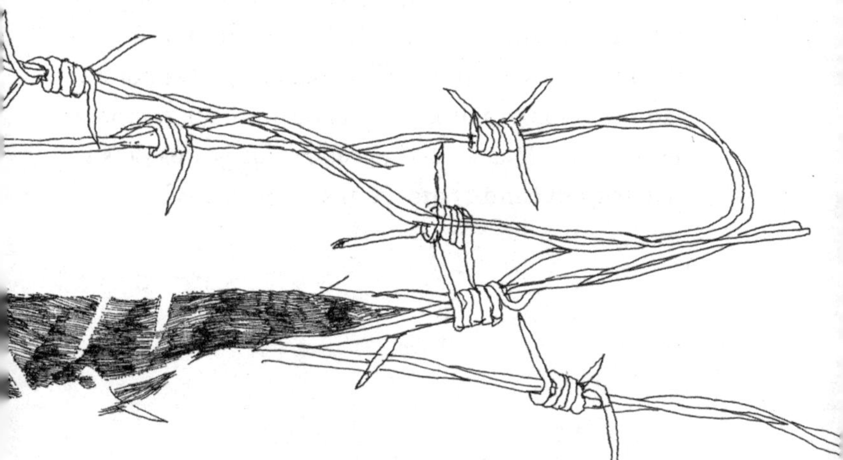

| 330

A raposa e o lenhador

Enquanto fugia de caçadores, uma raposa viu um lenhador e lhe pediu que a escondesse. Ele sugeriu que ela entrasse em sua cabana e se ocultasse lá dentro. Não muito tempo depois, vieram os caçadores e perguntaram ao lenhador se ele tinha visto uma raposa passar por ali. Em voz alta ele negou tê-la visto, mas com a mão fez gestos indicando onde ela estava escondida. Entretanto, como eles não prestaram atenção nos seus gestos, deram crédito às suas palavras. Ao constatar que eles já estavam longe, a raposa saiu em silêncio e foi indo embora. E o lenhador se pôs a repreendê-la, pois ela, salva por ele, não lhe dera nem uma palavra de gratidão. A raposa respondeu: “Mas eu seria grata, se os gestos de sua mão fossem condizentes com suas palavras”.

Desta fábula pode servir-se uma pessoa a propósito daqueles homens que nitidamente proclamam ações nobres, mas na prática realizam atos vis.

| 331

A raposa e o macaco que rivalizavam em nobreza de linhagem

Uma raposa e um macaco iam por um mesmo caminho e travaram uma discussão para ver quem era de linhagem mais nobre. Cada um deles já havia feito muitos relatos, quando chegaram a um local onde havia alguns túmulos. O macaco, assim que bateu o olho neles, começou a gemer. Como a raposa quis saber o motivo dos suspiros, o macaco, apontando as sepulturas, respondeu: "Como não chorar, se vejo as sepulturas dos escravos e dos libertos dos meus antepassados?". E ela replicou: "Pode mentir à vontade, pois nenhum deles vai ressuscitar para desmentir você!".

Assim, também, os homens mentirosos proferem ainda mais fanfarronices quando não têm refutadores.

| 332

A raposa que afagava um cordeirinho e o cão

Uma raposa se meteu num rebanho de ovelhas, agarrou um cordeirinho e começou a fingir que o acarinhava. "Por que você está fazendo isso?", perguntou-lhe um cão. E ela: "Estou lhe fazendo carinho e brincando com ele!". E o cão: "Mas agora mesmo eu vou fazer carícias de cão em você, se não deixar em paz o cordeirinho!".

Para homem inescrupuloso e ladrão imbecil a fábula é oportuna.

| 333

As raposas à beira do rio Meandro

Certa vez, um bando de raposas se juntou à beira do rio Meandro, ávidas de sua água. Apesar do mútuo incentivo, as raposas não se atreviam a entrar, dada a força da correnteza. Então, uma delas, no intuito de debochar da covardia das demais e humilhá-las, declarou-se a mais corajosa e lançou-se destemida na água. E, enquanto a correnteza a levava para o meio do rio, as outras, em pé junto à barranca, lhe diziam: "Não nos abandone! Volte e mostre-nos o trecho por onde podemos beber sem perigo!". E ela, que estava sendo arrastada, disse: "Tenho que ir a Mileto entregar um recado. Mas na volta eu mostro para vocês!".

Para aqueles que, por presunção, se expõem ao perigo.

334

O rato silvestre e o rato caseiro

Um rato silvestre era amigo de um rato caseiro.
E o caseiro, ao ser convidado pelo amigo,
foi ao campo sem demora para um jantar.
E dizia, enquanto comia cevada e trigo:
"Sabe, amigo, você leva vida de formigas.
Pelo visto, eu é que tenho recursos fartos,
e todos ao seu dispor, é só vir comigo".
E no mesmo instante se foram os dois.
E o caseiro ofereceu ervilhas e trigo,
junto com tâmaras, queijo, mel e frutas.
Maravilhado, o outro muito o bendizia,
enquanto protestava contra a própria sorte.
Mas, quando quiseram começar a refeição,
Uma pessoa abriu a porta de supetão.
Com o rangido, os dois saltaram assustados
e foram para dentro das fendas os pobres ratos.
E quando de novo iam pegar figos secos,
outra pessoa veio lá pegar um troço.
Assim que de novo avistaram a pessoa,
num salto se ocultaram dentro de um buraco.

Então, o rato silvestre, apoucando a fome,
soltou um gemido e disse para o outro:
"Passe bem, amigo, e coma sua fartura,
degustando seus manjares com deleite,
e com perigos e também com sobressaltos.
Comendo cevada e trigo, eu, o coitado,
sem desassossegos vou viver e sem sustos!".

A fábula mostra que levar vida frugal e viver sem cuidados vale mais que viver no luxo, entre medos e aflições.

| 335

O rato e a rã

Um rato da terra teve o azar de fazer amizade com uma rã. Decidida a praticar maldade, a rã amarrou a pata do rato à sua própria e lá foram os dois, primeiro ao campo, para comer trigo, e a seguir chegaram à beira da lagoa. Então, a rã empurrou o rato para o fundo, enquanto ela própria se escarrapachava na água berrando seus *coax-coax-coax*. O pobre rato acabou morrendo, cheio de água, e ficou boiando, amarrado ao pé da rã. Foi então que um milhafre o avistou e, com as garras, apanhou-o. E a rã, presa que estava a ele, seguiu junto, tornando-se, ela também, manjar para o milhafre.

[A fábula mostra] Que mesmo quem está morto tem força para vingar-se, pois a justiça divina supervisiona tudo e retribui o equivalente a cada ação, pesando-a na balança.

| 336

Os ratos e as doninhas

Os ratos e as doninhas viviam em guerra, mas sempre eles é que saíam derrotados. Os ratos fizeram uma reunião e concluíram que estavam perdendo porque não tinham chefes. Então, selecionaram alguns candidatos e, levantando a mão, elegeram seus generais. E estes, no intuito de se destacarem dos outros, arrumaram chifres e passaram a usá-los. Quando se instalou a batalha, o que aconteceu foi que os ratos iam sendo derrotados. Mas, enquanto alguns se refugiavam em buracos onde entravam com facilidade, os generais, impedidos de entrar por causa dos chifres, foram apanhados e devorados.

Assim, para muitos, a vanglória torna-se causa de males.

| 337

O ricaço e as carpideiras

Um homem rico tinha duas filhas. Quando uma delas morreu, ele contratou carpideiras. Então, a outra filha disse à mãe: “Somos umas coitadas! Nós, que padecemos a dor, não sabemos prantear, enquanto elas, que nem são parentes, estão se batendo e se debulhando em lágrimas”. A mãe respondeu: “Mas não se admire, filha, se o pranto delas é tão comovente. É por dinheiro que estão fazendo isso!”.

Assim, certos homens, por amor ao dinheiro, não hesitam em empreitar até as desditas alheias.

| 338

O ricaço e o curtumeiro

Um homem rico se tornou vizinho de um curtumeiro e, como não podia suportar o fedor, vivia pedindo a ele que se mudasse dali. Mas o curtumeiro sempre o engambelava, dizendo que iria se mudar em breve. A coisa se repetiu várias vezes. Por fim, sucedeu que o ricaço, com o passar do tempo, se habituou ao odor e não mais importunou o curtumeiro.

A fábula mostra que o hábito suaviza até as tarefas complicadas.

| 339

O rio e a pele curtida

[A fábula mostra] Que uma desventura da vida joga por terra o homem audacioso e arrogante.

Um rio perguntou a uma pele de boi que estava sendo levada por suas águas: “Como você se chama?”. “Eu me chamo Rija”, respondeu ela. E, lançando sobre a pele seu fluxo aos borbotões, o rio disse: “Procure outro nome, pois já vou fazer você ficar mole”.

| 340

Os rios e o mar

Os rios formaram uma comitiva e foram até o mar fazer uma queixa, dizendo assim: “Quando entramos em suas águas, somos água doce e potável, mas você nos converte em água salgada e intragável. Por quê?”. E o mar, vendo que eles o repreendiam, replicou: “Ora, não venham e não fiquem salobres!”.

Esta fábula representa aquelas pessoas que responsabilizam os outros inoportunamente, mesmo que deles estejam recebendo uma ajuda.

| 341

A romãzeira, a macieira e o espinheiro

A romãzeira e a macieira estavam discutindo a respeito da excelência de seus frutos. Como a discussão estava muito inflamada, um espinheiro, que de uma sebe ao lado as ouvia, disse: "Amigas, vamos acabar de uma vez por todas com esta nossa discussão!".

Assim, em meio às querelas entre os melhores, até os que não têm mérito nenhum tentam dar a impressão de ser alguém.

| 342
A rosa e o amaranto

[A fábula mostra] Que é melhor viver bastante satisfeito com o pouco que se tem, do que levar uma vida requintada por um breve tempo e depois morrer, se der o azar de acontecer um revertério.

Um amaranto que desabrochara ao lado de uma rosa lhe disse: "Que flor formosa você é, e atraente para deuses e homens! Felicito-a por sua beleza e por seu perfume". Então, ela respondeu: "Amaranto, eu vivo por um breve tempo e feneço, mesmo que não me colham. Mas você, ao contrário, floresce e vive sempre novo assim".

| 343

O rouxinol e a andorinha

Uma andorinha aconselhava um rouxinol a viver sob o mesmo teto, na mesma casa que os homens, como ela própria fazia.* Então, ele disse: "Não quero manter viva na lembrança a dor de meus antigos infortúnios. É por isso que vivo em lugares desertos".

[A fábula mostra] Que aquele que se afligiu com alguma fatalidade quer evitar até o local onde se produziu a aflição.

* A lembrança de antigos infortúnios que o rouxinol menciona são os episódios do mito de Tereu, Procne (rouxinol) e Filomela (andorinha). Sem a referência mítica, a fábula pode perder o sentido. [N.T.]

| 344

O rouxinol e o gavião

Um rouxinol estava cantando, como de costume, pousado no alto de um carvalho. Nisso, um gavião o avistou e, precisado de alimento, voou sobre ele e o agarrou. E o rouxinol, prestes a morrer, pediu que o soltasse, dizendo que não era suficiente para encher o estômago de um gavião; já que precisava de alimento, ele devia atacar pássaros maiores. O gavião retrucou: "Mas eu seria um doido se largasse o pasto garantido que tenho nas mãos para ir atrás dos que ainda não apareceram".

Assim, também, dentre os homens, são irracionais aqueles que, na expectativa de bens maiores, deixam escapar os que estão em suas mãos.

S

| 345

Os sacerdotes mendicantes

Um grupo de sacerdotes mendicantes tinha um burro sobre o qual costumavam colocar a bagagem quando saíam pelas ruas. Mas um dia o burro morreu de fadiga. Então, eles o esfolaram; com a pele prepararam tambores e passaram a usá-los. E, quando toparam com outros sacerdotes que lhes perguntaram onde estava o burro, responderam que ele estava morto, mas que levava tanta pancada como não tinha levado antes, em vida.

Assim, também, alguns servos, mesmo que se livrem da escravidão, não se desembaraçam dos encargos servis.

| 346

A serpente e a águia

Fábula da águia e da serpente, exortando-nos a tomar a iniciativa de prestar favores.

Uma serpente e uma águia estavam engalfinhadas, lutando uma com a outra, quando a serpente se enlaçou na águia, prendendo-a. Um lavrador, ao ver a cena, desenrolou a serpente e deixou a águia ir embora livremente. Ressentida com isso, a serpente verteu veneno na água do salvador da águia. Mas quando o lavrador, descuidado, estava para beber a água, a águia fez um voo rasante e derrubou a taça das mãos dele.

A gratidão permanece à espera dos que fazem o bem.

| 347

O Sol e as rãs

Era verão e celebravam-se as núpcias do Sol. Todos os animais congratulavam-se com isso, e também as rãs se regalavam. Então, uma delas disse: “Suas bestas, com que vocês se regalam? Se o Sol, sozinho, já faz secar todo o brejo, que desgraça não iremos sofrer se, depois de casado, ele tiver um filhote igual a ele?”.

[A fábula mostra] Que muitas pessoas de espírito leviano se engraçam com o que não tem graça.

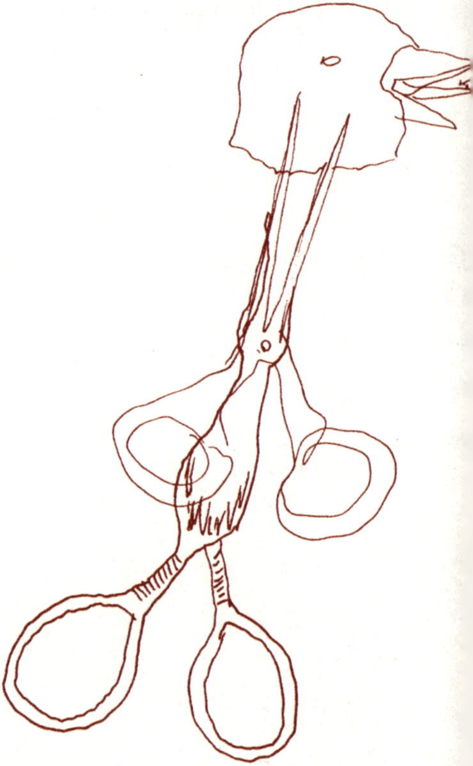

T

| 348

A tartaruga e a águia

Ao avistar uma águia voando, uma tartaruga sentiu vontade de voar também. Então, ela foi ao encontro da águia pedir-lhe encarecidamente que a ensinasse a voar, mediante um pagamento. A águia lhe respondeu que era impossível, mas mesmo assim a tartaruga insistiu, dizendo que o pedido era legítimo. A águia, então, ergueu a tartaruga do chão, levou-a para o alto e soltou-a. Ela despencou sobre uma rocha, onde se estatelou e morreu.

A fábula mostra que muitos homens, no afã de competir com os mais sensatos, saem prejudicados por não lhes terem dado ouvidos.

| 349

A tartaruga e a lebre

Uma tartaruga e uma lebre queriam disputar para ver quem era mais veloz. Então, fixaram um tempo e um percurso e deram a largada. A lebre, ligeira por natureza, encarou a corrida com displicência e, deitando-se à margem do caminho, adormeceu. E a tartaruga, consciente de sua própria lentidão, não parou de correr. Assim, ultrapassou a lebre, que ficou dormindo, e alcançou o prêmio da vitória.

A fábula mostra que muitas vezes o esforço vence uma natureza relapsa.

| 350

O tordo no pé de mirto

Num bosque de mirtos vivia um tordo, que de lá não arredava pé, por causa dos frutos adocicados. Então, um caçador, ao notar que ele se regalava naquele local, preparou o visgo e prendeu-o. E ele, ao morrer, disse: "Pobre de mim! Por causa de um doce alimento estou perdendo a vida".

A fábula é oportuna para homem libertino, que se perde na luxúria.

| 351

A toupeira

Uma toupeira (esse é um animal cego) disse para sua mãe: “Estou enxergando!”. E a mãe, para fazer um teste, deu-lhe um grão de incenso e perguntou o que era. Tendo ela respondido que era uma pedrinha, a mãe observou: “Minha filha, você não só está falha da visão como também já perdeu o olfato!”.

Assim, alguns fanfarrões fazem promessas impossíveis e, ao mesmo tempo, se traem nos pequenos detalhes.

| 352

O touro e as cabras selvagens

Um touro, perseguido por um leão, fugiu para dentro de uma gruta, onde havia cabras selvagens. Enquanto apanhava delas, recebendo chifradas, disse: "Mas eu aguento isso porque tenho medo, não de vocês, mas daquele que está parado na entrada da gruta".

Assim, muitos homens, de medo dos mais fortes, também suportam as insolências dos mais fracos.

| 353

O touro, a leoa e o javali

Um touro encontrou um leão dormindo e matou-o a chifradas. Ao saber disso, a mãe do leão se pôs a pranteá-lo, amargurada. Ao vê-la proferindo os lamentos, um javali, postado à distância, lhe disse: “E o tanto de gente que também está pranteando filhos que vocês, leões, mataram?”.

Esta fábula mostra que uma pessoa será medida com a mesma medida que ela usa para medir os outros.

| 354

O trombeteiro

Um trombeteiro que reunia a tropa, ao ser capturado pelos inimigos, pôs-se a gritar: "Não me matem, homens, ao acaso e sem motivo. Eu não matei nenhum de vocês e nada mais possuo além deste bronze". Então, eles disseram: "Pois essa é mais uma razão para sua morte, pois você não pode combater, mas estimula todos à batalha".

A fábula mostra que muito se decepcionam aqueles que incitam às más ações os príncipes malvados e intoleráveis.

| 355

O urso e a raposa

Um urso dizia todo orgulhoso que era amigo dos homens, porque não comia cadáveres. Então, a raposa lhe disse: "Quem dera você esquartejasse cadáveres e não gente viva!".

Esta fábula recrimina os ambiciosos, que passam a vida na hipocrisia e na presunção.

Quem dera voc
esquartejasse
cadáveres e
gente viva

VOCÊ
VIVA

V

V

| 356

O vaqueiro que perdeu um bezerro e o leão

Enquanto pastoreava um rebanho de touros, um vaqueiro perdeu um bezerro. Após ter percorrido os arredores sem tê-lo encontrado, prometeu a Zeus que imolaria um cabrito, se localizasse o ladrão. Ao chegar a um bosque de carvalhos, avistou um leão devorando o bezerro. Apavorado, ergueu as mãos para o céu e disse: “Zeus, soberano, antes eu lhe havia prometido imolar um cabrito se encontrasse o ladrão, mas agora prometo imolar um touro, se eu me safar das garras desse ladrão!”.

Esta fábula pode ser dita a propósito de homens desventurados que, quando estão em situações embaraçosas, rezam para encontrar uma saída, mas assim que a encontram procuram evitá-la.

| 357

A velha e o médico

Uma velha senhora, doente dos olhos, contratou os serviços de um médico. Ele vinha à sua casa, passava remédio em seus olhos e, enquanto ela os mantinha fechados, aproveitava para surrupiar algum de seus móveis. E, depois que levou tudo embora, encerrou o tratamento e cobrou o valor combinado. Tendo ela se recusado a fazer o pagamento, o médico levou-a ao tribunal. A senhora, no entanto, confirmou que tinha, sim, proposto a remuneração, se ele curasse seus olhos, mas na realidade o que aconteceu foi que com aquele tratamento ela tinha ficado pior do que antes. “Pois naquela época”, afirmou, “eu enxergava todos os móveis da casa, e agora não consigo ver nenhum!”.

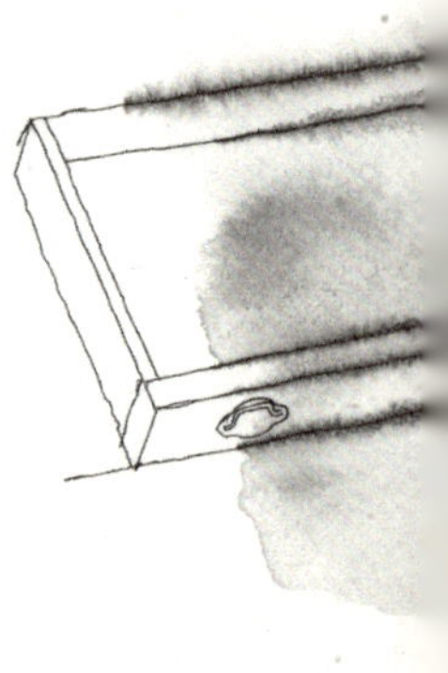

Assim, os homens malvados não percebem que, por cobiça, arrastam contra si as provas de sua malvadeza.

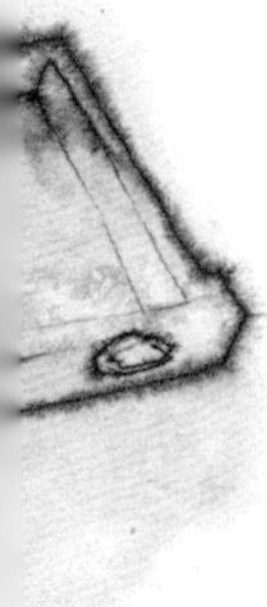

| 358

O velho e a Morte

Certa vez, um velho seguia um longo percurso carregando a lenha que cortara. Sob intensa fadiga, pôs o fardo no chão e ficou invocando a Morte. Quando ela surgiu e perguntou por que motivo ele a invocara, o velho respondeu: “Para que você levante do chão o meu fardo!”.

A fábula mostra que todo ser humano ama a vida, ainda que seja desditoso.

| 359

O vendedor de estátuas

Um homem fabricou um Hermes de madeira e levou-o ao mercado para vender. Como nenhum comprador se aproximava, ele, querendo atrair alguns, se pôs a gritar que estava vendendo um deus benfeitor e dispensador de lucros. Então, uma das pessoas que lá estavam lhe disse: "Mas se ele é assim, meu caro, por que é que você o está vendendo, em vez de tirar proveito de suas vantagens?". Ele respondeu: "É que eu necessito de uma certa vantagem urgentemente, enquanto ele costuma conceder seus favores devagar".

Para homem vergonhosamente cúpido que nem aos deuses tem respeito a fábula é oportuna.

| 360

A vespa e a cobra

Uma vespa pousou na cabeça de uma serpente e não parava de atormentá-la, golpeando-a com o ferrão. E ela, com muita dor e sem ter como vingar-se do inimigo, enfiou a cabeça embaixo da roda de uma carroça e, assim, morreu, junto com a vespa.

Para aqueles que suportam morrer em companhia de seus inimigos.

| 361

As vespas, as perdizes e o lavrador

Vespas e perdizes, premidas pela sede, foram à casa de um lavrador pedir-lhe de beber, prometendo, em troca da água, esta compensação: as perdizes arrancariam as ervas daninhas das videiras, para os cachos ficarem viçosos, e as vespas fariam ronda para afugentar, com seus ferrões, os gatunos. E o lavrador respondeu: "Só que eu tenho dois bois que não me prometem nada, mas me fazem tudo. Logo, é melhor dar de beber a eles do que a vocês".

Esta fábula [é oportuna] para homem mal recompensado.

| 362

O viandante e a Verdade

Enquanto caminhava pelo deserto, um homem encontrou uma mulher solitária, parada, de olhos voltados para o chão, e lhe perguntou: “Quem é você?”. E ela: “A Verdade”. “E por que motivo deixou a cidade e está morando no deserto?”, tornou ele. Ela respondeu: “É que, em tempos passados, a mentira era companheira de poucas pessoas, mas hoje, sempre que você quer falar ou ouvir alguma coisa, ela está com todos os homens”.

[A fábula mostra] Que os homens padecem uma vida péssima e sofrida quando a mentira prevalece sobre a verdade.

| 363

O viandante e a víbora

Era inverno quando um viandante encontrou uma víbora enregelada de frio. Compadecido, pegou-a e, colocando-a sob a veste, tentou aquecê-la. Enquanto ela estava sob o efeito da friagem, permaneceu acomodada, mas, tão logo se aqueceu, lascou uma picada no ventre do homem. Ele disse, prestes a morrer: "Bem feito para mim! Por que fui salvar essa moribunda, que eu devia matar mesmo que ela estivesse cheia de vitalidade?".

A fábula mostra que a maldade, se beneficiada, além de não retribuir o benefício, ainda se assanha contra os benfeitores.

| 364

O viandante e Hermes

Um viandante percorria um longo caminho e prometeu a Hermes que, se topasse com algum achado, lhe ofertaria a metade. Casualmente, ele encontrou um alforje com amêndoas e tâmaras. Pegou então o alforje e, pensando que continha dinheiro, sacudiu-o. E, quando viu que eram amêndoas e tâmaras, comeu tudo. Depois, pegou as cascas das amêndoas e os caroços das tâmaras e colocou-os sobre um altar, dizendo: "Hermes, estou pagando minha promessa. Reparti com você o que estava dentro do meu achado e também o que estava fora".

Para homem avarento que, por cobiça, tenta fraudar até os deuses, a fábula é oportuna.

| 365

O viandante e o Acaso

Ao completar uma longa caminhada, um viandante, fraquejando de cansaço, deitou-se à beira de um poço e adormeceu. Estava ele quase despencando no poço, quando o Acaso parou ao lado dele e o despertou, dizendo a seguir: “Ô, camarada, se você tivesse caído, jogaria a culpa em mim, e não em seu próprio descuido!”.

Assim, muitos homens provocam a própria desgraça e depois responsabilizam os deuses.

| 366

Os viandantes e o plátano

Era verão, por volta do meio-dia, quando um grupo de viandantes, exauridos pelo tórrido calor, avistou um plátano. Rumaram então para debaixo dele e, deitados à sombra, fizeram uma pausa na viagem. E, quando ergueram os olhos para o plátano, comentaram entre si: “Esta árvore é um tanto inútil para os homens, pois não dá frutos!”. Ela rebateu: “Ingratos! Vocês estão ainda fruindo de meu benefício e me tacham de inútil e estéril!”.

Assim, também, alguns homens são tão azarados que, mesmo quando fazem o bem ao próximo, não se reconhecem seus préstimos.

| 367

Os viandantes e o corvo

Um corvo que tinha um olho estropiado foi ao encontro de algumas pessoas que estavam viajando a negócios. Então, elas se detiveram e uma delas propôs que retornassem, pois era isso o que indicava o presságio. Mas outra replicou: "E como é que esse aí pode predizer nosso futuro, se ele não previu nem a própria mutilação, a fim de precaver-se?".

Assim, também, os homens que são desavisados em seus assuntos particulares também são mal cotados para aconselhar o próximo.

| 368

Os viandantes e o machado

Estavam dois homens seguindo por um mesmo caminho. Eis que um deles encontrou um machado e o outro disse: "Nós encontramos um machado!". Então, aquele que encontrou o machado recomendou que o outro dissesse "*você* encontrou um machado", e não "*nós* encontramos um machado". Pouco tempo depois, vieram ao encalço deles as pessoas que tinham perdido o machado. Então, aquele que estava com o machado, ao ver-se acuado, disse para o companheiro de viagem: "Nós estamos ferrados!". E o companheiro retrucou: "Não diga '*nós* estamos ferrados' mas '*eu* estou ferrado', pois quando você encontrou o machado não quis dividi-lo comigo!".

A fábula mostra que os que não são solidários nas situações afortunadas tampouco nos infortúnios são amigos confiáveis.

| 369

Os viandantes e o urso

Dois amigos iam por uma mesma estrada quando, de repente, surgiu diante deles um urso. Então, um subiu depressa numa árvore e lá ficou escondido. O outro, sem ter para onde fugir, caiu no chão e fingiu-se de morto. O urso chegou com o focinho perto dele e se pôs a farejá-lo, enquanto ele, por sua vez, prendia a respiração, pois dizem que esse animal não toca em cadáveres. Depois que o urso foi embora, o amigo que estava na árvore perguntou o que o urso lhe havia cochichado. Então, o outro respondeu: "Que de hoje em diante eu não devo andar em companhia desses amigos que, nas situações perigosas, nos abandonam".

A fábula mostra que as desgraças põem à prova os amigos sinceros.

| 370

Os viandantes e os destroços de madeira

Um grupo de viandantes caminhava ao longo de uma praia. Quando chegaram a um promontório, avistaram ao longe destroços de madeira flutuando. Imaginando que se tratava de um grande navio de guerra, ficaram esperando que ele viesse encostar. Mas quando os destroços, carregados pela maré, ficaram mais próximos, eles tiveram a impressão de estar vendo um cargueiro, pois era menor do que aparentavam. E, quando os viram fora da água e constataram que eram meros destroços, comentaram entre si: "Ficamos esperando à toa uma coisa que não existe!".

Assim, também, alguns homens à primeira vista dão a impressão de serem temíveis, mas quando postos à prova mostram-se indignos de consideração.

| 371

A víbora e a cobra-d'água

Uma víbora ia regularmente beber numa fonte. Então, uma cobra-d'água, que morava na fonte, tentava impedi-la, indignada porque a outra, não contente com seu próprio território, também avançava no dela. E, como a desavença aumentava, elas resolveram que iriam às vias de fato e que os dois espaços, o da terra e o da água, seriam do vencedor. Marcado o dia, as rãs, que detestavam a cobra-d'água, procuraram a víbora para encorajá-la e prometeram que também combateriam ao lado dela. Quando o combate começou, a víbora se pôs a lutar contra a cobra-d'água e saiu vencedora, apesar de as rãs não terem feito outra coisa além de soltar gritos. Mesmo assim, a víbora as recriminou, porque elas haviam prometido atuar no combate como aliadas e, no entanto, além de não a terem socorrido, ainda por cima ficaram cantando. Então, as rãs disseram: "Mas você esteja certa de que nossa aliança consiste não em mãos, mas apenas em sons!".

A fábula mostra que, lá onde há necessidade de mãos, de nada adianta a ajuda de palavras.

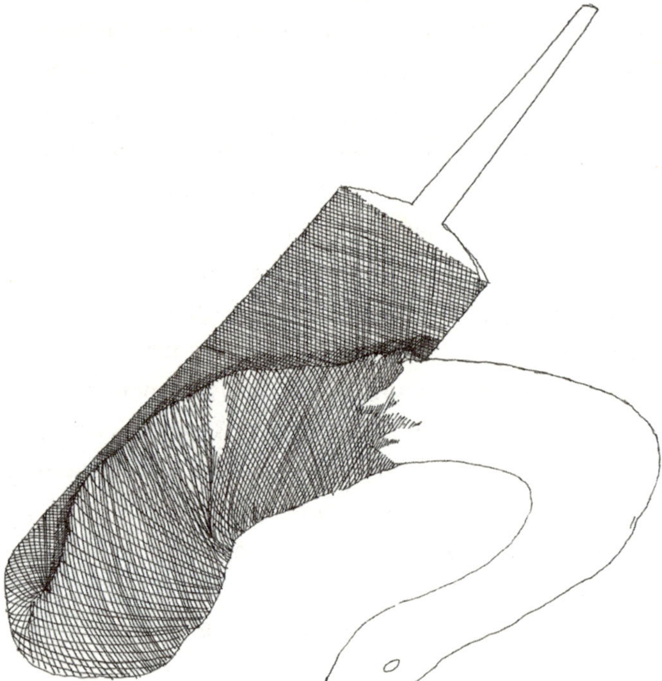

| 372

A víbora e a lima

Uma víbora entrou na oficina de um ferreiro e pediu às ferramentas um donativo. Tendo sido atendida, chegou perto da lima e pediu que esta lhe desse algo. Então, ela respondeu: “Mas você é ingênua mesmo, se acha que vai obter alguma coisa de mim, que tenho por costume não dar, mas sim tirar de todo mundo!”.

A fábula mostra que são tolos os que têm expectativa de obter dos avaros algum lucro.

| 373

A víbora e a raposa

Uma víbora ia rio abaixo, sobre um feixe de espinheiro. Nisso, uma raposa que passava por ali avistou-a e disse: "Digno do navio o piloto!".

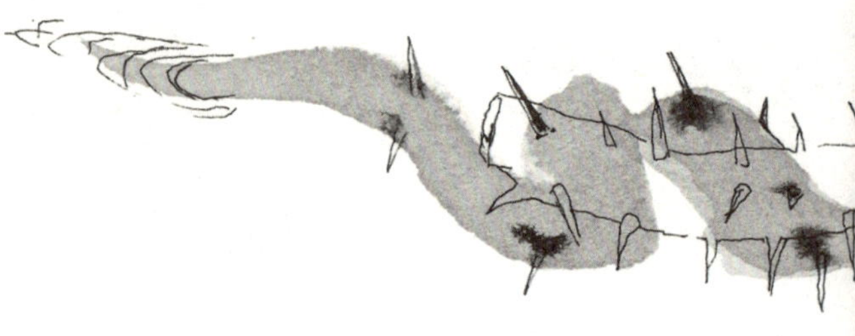

Para homem perverso que empreende tarefas penosas.

Z

| 374

Zeus e a cobra

Como Zeus estava celebrando suas núpcias, todos os animais subiram com presentes à sua morada. Então, uma cobra apanhou uma rosa na boca e subiu rastejando. Ao vê-la, porém, Zeus disse: "Mesmo dos pés de todos os outros eu aceito presentes, mas de tua boca eu não pego nada!".

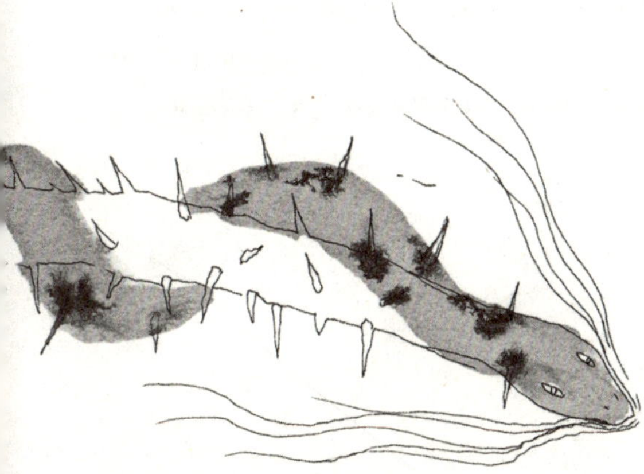

A fábula mostra que as cortesias dos malvados são temíveis.

| 375

Zeus e a raposa

Maravilhado com o espírito sagaz e versátil da raposa, Zeus deu a ela a soberania sobre os animais irracionais. E, desejando saber se a raposa, que mudara de vida, tinha alterado também seus hábitos mesquinhos, lançou diante dela um escaravelho, justo no momento em que ela estava sendo carregada numa liteira. E a raposa, vendo o escaravelho voejando ao redor da liteira, não conseguiu se conter e, contrariando toda conveniência, deu um salto para tentar agarrá-lo. Então, Zeus ficou bronqueado com a raposa e a devolveu à sua antiga condição.

A fábula mostra que a natureza dos homens vis não se altera, mesmo que se revistam dos mais brilhantes ornamentos.

| 376

Zeus e a tartaruga

Quando Zeus se casou, ofereceu um banquete a todos os animais. Só a tartaruga deixou de comparecer. E ele, com dificuldade de encontrar uma explicação para sua ausência, perguntou-lhe por que só ela não tinha ido ao jantar. Então, ela disse: "Casa da gente, casa excelente!". Zeus ficou zangado e determinou que ela andaria por toda parte carregando a própria casa.

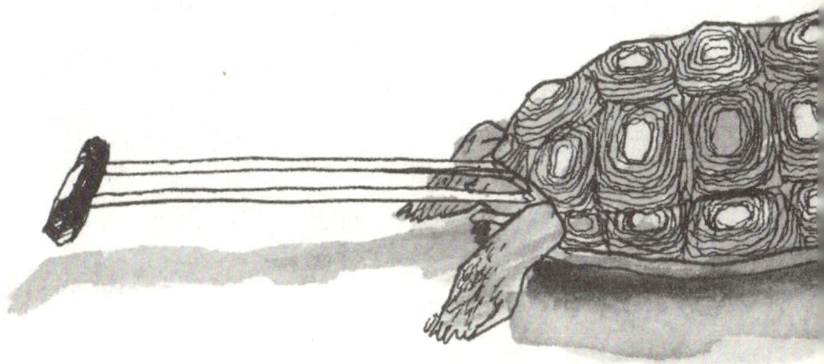

Assim, muitos homens preferem morar com simplicidade a receber tratamento de luxo em casa alheia.

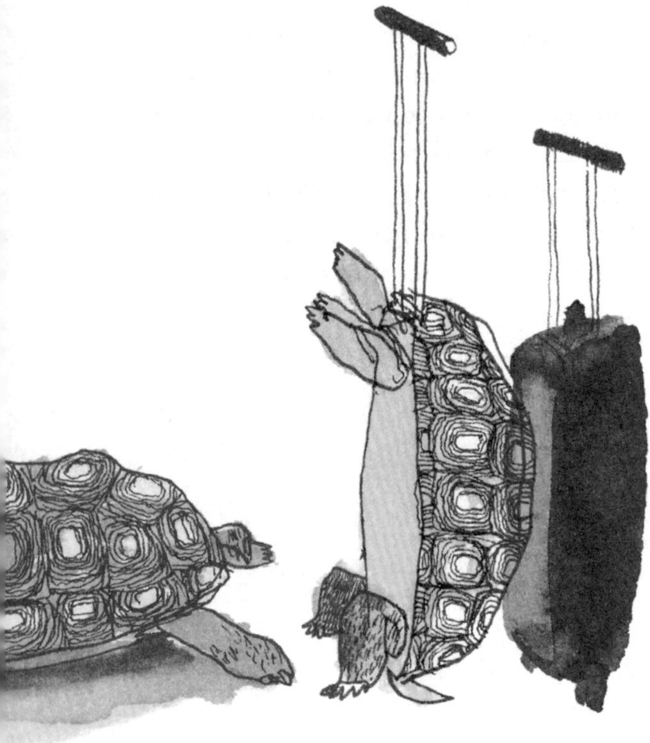

| 377

Zeus e a Vergonha

Ao criar os homens, Zeus foi logo incutindo neles todos os sentimentos, tendo-se esquecido de um só: a Vergonha. E, como não tinha por onde fazê-la entrar, ordenou que ela entrasse pelo ânus. De cara ela disse que estava indignada com aquele tratamento. Mas, como Zeus a coagisse energicamente, ela respondeu: "Mas eu entro com uma condição: se alguma outra coisa entrar atrás de mim, eu saio na hora!". Daí resultou que todos os prostitutos são desavergonhados.

Uma pessoa poderia usar esta fábula para um homem lascivo.

| 378

Zeus e Apolo

Zeus e Apolo competiam na arte de manejar o arco. Assim que Apolo retesou o arco e lançou o dardo, Zeus esticou uma perna até a marca atingida por ele.

Assim, os que rivalizam com os superiores, além de não sobrepujá-los, ainda se expõem ao riso.

| 379

Zeus e o tonel de bens

Zeus deixou com um homem um tonel, no qual havia guardado todos os bens. Mas o homem enxerido, querendo saber o que havia lá dentro, moveu a tampa e todos os bens alçaram voo rumo aos deuses.

[A fábula mostra] Que só a esperança convive com os homens, prometendo-lhes conceder os bens que escaparam.

| 380

Zeus e os homens

Zeus criou os homens e ordenou a Hermes que despejasse neles inteligência. Então, ele a preparou e foi despejando uma porção igual em cada um. Assim se deu que os de pequeno porte ficaram repletos com a porção e se tornaram ajuizados, mas os grandes, visto que o líquido não era o bastante para todo o corpo (não chegava nem até os joelhos!), ficaram sem juízo.

Para homem de corpo grandalhão, mas de alma irracional, a fábula é oportuna.

| 381

Zeus, os animais e os homens

[A fábula mostra] Que, embora todos os homens tenham sido honrados da parte do deus com a razão, alguns demonstram insensibilidade para tal espécie de honra e preferem invejar os animais insensíveis e irracionais.

Dizem que os animais foram a primeira criação de Zeus, que os agraciou, um com a força, outro com a rapidez, outro com asas. Então, disse o homem, que ainda estava nu: "Fui o único a não receber nenhuma graça!". O deus lhe respondeu: "Você é insensível à sua dádiva, apesar de ter sido agraciado com a maior de todas, pois recebeu a razão e a mantém sob seu controle. A razão é poderosa entre deuses e homens, mais poderosa que os poderosos e a mais rápida dentre os super-rápidos". Foi então que o homem, cônscio de sua dádiva, agradeceu ao deus, reverenciando-o, e foi embora.

| 382

Zeus juiz

Zeus determinou que Hermes gravasse em cacos de terracota os erros dos homens e que os depositasse a lado dele dentro de uma caixa, para que pudesse cobrar satisfações de cada um. Mas os cacos acabaram ficando baralhados. Assim, cada vez que Zeus faz o justo julgamento, os cacos caem nas mãos dele, uns mais devagar, outros mais rapidamente.

(A fábula mostra) Que não é de admirar que os injustos e os malvados demorem para receber o troco de suas más ações.

| 383

Zeus, Prometeu, Atena e Momo

Assim que Zeus, Prometeu e Atena concluíram suas obras – a de Zeus era um touro, a de Prometeu, um homem, e a de Atena, uma casa –, escolheram Momo para juiz. E ele, com inveja dos artefatos, disse, logo de saída, que a falha de Zeus era não ter colocado os olhos do touro nos chifres, para ele enxergar onde ia bater. A falha de Prometeu, por sua vez, era não ter pendurado o coração dos homens na parte externa, para os malvados não passarem despercebidos e para ficar visível o que cada um tinha em mente. E, em terceiro lugar, disse que Atena devia ter acrescentado rodas na casa, para uma pessoa se mudar com facilidade, no caso de vir a ter um vizinho malvado. Mas Zeus se irritou com ele por causa dessa falta de consideração e o enxotou do Olimpo.

A fábula mostra que nada é tão perfeito que seja inteiramente isento de crítica.

Índice

Nesta edição, a tradutora optou por organizar as fábulas em ordem alfabética. Para uma maior fruição da leitura, dentro de cada letra, optou-se por deixar agrupadas as fábulas sobre um mesmo animal – mesmo que isso incorra em algumas pequenas divergências da macro-ordem. As siglas P e CH referem-se, respectivamente, ao número da fábula nas edições de Ben Perry e Émile Chambry.

A

H

M

O

P

Eduardo Berliner nasceu no Rio de Janeiro, em 1978. Estudou design gráfico e obteve título de mestre em tipografia na University of Reading, no Reino Unido, em 2003. Berliner foi um dos jovens artistas destaques da 30ª Bienal de São Paulo (2012). Em 2009, recebeu o prêmio CNI SESI Marcantonio Vilaça e, em 2011, foi finalista do Pipa Prize. A fonte que desenvolveu, Pollen, utilizada neste livro, ganhou o ISTD Premier Award. Suas obras estão no acervo permanente de museus e galerias nacionais e estrangeiras, como a The Saatchi Gallery (Londres), Colección Patricia Phelps de Cisneros (Nova York), o Museu de Arte do Rio de Janeiro e os Museu de Arte Moderna do Rio de Janeiro e de São Paulo.

Maria Celeste Consolin Dezotti é professora de língua e literatura grega na Unesp (Araraquara). Dedica-se a pesquisas em lexicografia grega e portuguesa e em literatura grega. É tradutora de *Diálogos dos mortos*, de Luciano de Samósata (1999), coautora do *Dicionário de usos do português do Brasil* (2002), do *Dicionário grego-português* (2006-2010) e das obras *A tradição da fábula* (2003), *Em cena o teatro* (2005), *Teatro em debate* (2003) e *Hinos Homéricos* (2010). É membro fundador do Grupo Giz-en-scène de leituras dramatizadas de textos clássicos, em que atua, desde 1987, como "leatriz" e "tradaptadora" de textos.

A tradutora agradece aos professores Fernando Brandão dos Santos (Unesp – Araraquara) e Maria de Fátima Souza e Silva (Universidade de Coimbra), por terem lhe apresentado a edição crítica de Émile Chambry.

5ª reimpressão, 2020

Nesta edição, respeitou-se o novo Acordo Ortográfico da Língua Portuguesa.

Dados Internacionais de Catalogação na Publicacão (CIP)
(Câmara Brasileira do Livro, SP, Brasil)

Esopo
Esopo – fábulas completas
Tradução: Maria Celeste C. Dezotti
Ilustrações: Eduardo Berliner
Apresentação: Adriane Duarte
São Paulo: Cosac Naify, 2013
564 pp., 89 ils.

ISBN 978-85-405-0475-2

1. Fábulas – Literatura clássica 2. Literatura clássica
I. Berliner, Eduardo II. Duarte, Adriane III. Título

13-06040 CDD 880

Índices para catálogo sistemático:
1. Fábulas: Literatura clássica 880
1. Fábulas: Literatura clássica 880

Coordenação editorial ISABEL LOPES COELHO
Preparação CACILDA GUERRA
Revisão THIAGO LINS e ANA PAULA MARTINI
Projeto gráfico FLÁVIA CASTANHEIRA
Tratamento de imagem WAGNER FERNANDES
Produção gráfica LILIA GÓES

Este livro foi impresso em junho de 2020 na IPSIS, no papel Munken Print Cream 80 g/m². A fonte utilizada na composição do texto é a Pollen, desenhada por Eduardo Berliner, que também ilustrou esta edição.

ISBN 978-85-405-0475-2